José

Letras Hispánicas

Armando Palacio Valdés

José

(Novela de costumbres marítimas)

Edición de Jorge Campos

CUARTA EDICION

CATEDRA

LETRAS HISPANICAS

Ilustración de cubierta: Ramón Vázquez Molezún

© Ediciones Cátedra, S. A., 1986
Don Ramón de la Cruz, 67. 28001 Madrid
Depósito legal: M. 20.073.—1986
ISBN: 84-376-0043-X
Printed in Spain
Artes Gráficas Benzal, S. A. Virtudes, 7. 28010 Madrid

Índice

Introducción

Las novelas de Armando Palacio Valdés han mantenido, a lo largo de las tres primeras décadas de este siglo, un tipo de narración nacida directamente del realismo del siglo XIX, del que pueden considerarse una prolongación. Las reacciones que significaron la llamada «generación de 1898» y el Modernismo no afectaron al novelista, que tampoco participó de las preocupaciones de estilo propias de los escritores de la posterior generación, con quienes aún coincidió, como Ramón Pérez de Ayala o Gabriel Miró. La evolución que pueda advertirse en el conjunto de su obra no la aparta de un concepto realista que mantuvo en 24 títulos de novelas y alguno de relatos breves, escritos en el tiempo que se extiende de 1884 a 1933.

Dentro de esta obra, *José* ocupa uno de los primeros lugares —exactamente el cuarto—, y se sitúa ya en una madurez de escritor que le habían conferido alguna de las publicadas anteriormente, especialmente *Marta y María* y *El idilio de un enfermo*, con una aceptación por público y crítica que ya no habrían de abandonarle. Breve, aunque sobrepasa las dimensiones que podrían clasificarla como «novela corta», mantiene la estructura propia de la novela realista y condensa una trama cargada de interés. Su autor se muestra en ella maestro en la construcción argumental, captación de un ambiente, creación de tipos y descripción, pilares de la narrativa en aquel momento.

Armando Palacio Valdés es asturiano y en Asturias se ambientan la mayor parte de sus novelas más celebradas: todas las de la primera época —*El señorito Octavio, El idilio de un enfermo, José, Riverita, Maximina, El cuarto poder, La fe, El maestrante*— y algunas de las más famosas de etapa posterior, como *La aldea perdida, Santa Rogelia* y *Sinfonía pastoral*.

Nació en la villa ovetense de Entralgo, en el valle de Laviana, el 4 de octubre de 1853, en una típica casona de dos pisos, con corredor y barandal de madera en el superior y banco de piedra a la puerta desde donde dejar correr las horas. Enfrente, un paisaje de prados siempre verdes y cuadros de manzanos y avellanos, copudos castañares y mansos arroyuelos. Era el hogar tradicional de una familia acomodada, la de su ascendencia materna. Su padre, Silverio Palacio, abogado establecido en Oviedo, pasaba en ellas largas temporadas. La conoceremos en las páginas de *El señorito Octavio* y *La aldea perdida*. Sus años de infancia alternarían entre éste y otros lugares de Asturias. A los seis meses de edad fue llevado por primera vez a Avilés, villa marinera, que también es fondo de otras de sus novelas. Allí inició sus primeras letras en la escuela pública, hecho al que él daba importancia y atribuía su amor hacia las gentes del pueblo. Tras otra estancia en Entralgo, que siempre evocaría como la etapa paradisíaca de su existencia, comenzó sus estudios de bachiller en el Instituto de Oviedo —de 1865 a 1870—. Habitaba en estos años en casa de su abuelo paterno, «honrado burgués, que vivió hasta los noventa y tres años cuidando de su salud física. De la moral no había cuidado, se la daba Dios por añadidura»[1]. El apacible modo de vivir de este anciano podría tomarse como el primer ejemplo de unos ideales que se reflejan en sus novelas.

Tiempos de primeras y apasionadas lecturas, tan abundantes como revueltas. «Yo he leído muchas novelas, todas cuantas hube a mano en los felices tiempos en que con la mayor inhumanidad me obligaban a estudiar humanidades»[2]. Todavía en la niñez, había descubierto el mundo maravilloso de la novela de folletín. «Me entusiasmaban las novelas de un señor Pérez Escrich (que Dios perdone) y de una doña María del Pilar Sinués, que Dios perdone también.» Al evocar aquellas lecturas, ya en situación de novelista afamado, no ocultaba el recuerdo de tan gratos momentos, aún vivo en él:

«No puedo menos de recordar con agradecimiento una del primero titulada *El cura de aldea,* que me hizo disfrutar placeres increíbles. Mientras la leía, de tal modo me identifiqué con sus personajes que me parecía vivir en su compañía y pertenecer a su familia. Me alegraba con sus alegrías, me sentaba a su mesa, bebía un poco más de lo ordinario con sus inocentes holgorios, reía con sus chistes no menos inocentes, me hacía el distraído cuando aquella modista encantadora se ponía a hablar en voz baja con aquel joven tan simpático, y estaba enteramente resuelto a prestarles mi eficaz ayuda para desenmascarar y confundir al miserable que retenía injustamente su fortuna. Y cuando llegaba el caso de llorar alguna de sus desgracias, yo creo que lo hacía mucho mejor y más copiosamente que ellos»[3].

[1] *La novela de un novelista,* Buenos Aires, Espasa Calpe, Colección Austral, 1.ª ed., 1942, pág. 117.
[2] «Fernán Caballero», en *Semblanzas literarias,* Madrid, ed. de *Obras completas,* 1908, pág. 127.
[3] Cap. XVIII, «Primeras lecturas», de *La novela de un novelista.*

La cita expresa la impresión que le causaron aquellas lecturas, entre las que se hallaban *La esposa mártir, La mujer adúltera* y *El pan de los pobres*. En ellas podríamos fijar la segunda gran huella formativa del futuro narrador y en sus novelas —concretamente en *José*— es visible la influencia de aquella novelística popular, en que se urden terribles maquinaciones que la inocencia termina por conjurar y destruir. Junto a los dos autores citados leyó muchos folletines del gran Manuel Fernández y González, como *Los siete niños de Écija*, igualmente recordado con nostalgia en su edad madura, y episodios rocambolescos de los no menos grandes en el género Ponson du Terrail, Paul Feval y su creador, Eugenio Sue. En sus evocaciones, el correr de la pluma le hizo llamarlas «novelas deplorables», para rebatirse a sí mismo apenas un párrafo más adelante: «¿Y por qué deplorables?» Novelas como alguna de las citadas y *Los tres mosqueteros*, de Alejandro Dumas, figuraban entre los elementos creadores de la felicidad en que se desenvolvió su infancia. A ellas añadía otro libro, *El pájaro*, de Michelet, leído pasados ya los quince años: «Aún me veo tendido en un vetusto y enorme sofá de mi casa de Entralgo, con el volumen de roja cubierta en las manos»[4].

Es el romanticismo, llegando gracias a las recomendaciones de un primo suyo, con las que él llamaría «segundas lecturas»: las *Lamentaciones*, de Lamartine; el *Werther*, de Goethe; *El diablo mundo*, de Espronceda, que nunca dejó de deleitarle. Por este tiempo conoció otra clase de novelas que le descubrieron el relato costumbrista. La novela inglesa se le hizo presente con los que él llamaría «los grandes maestros», Goldsmith, Fielding, Dickens y Thackeray[5]. A su lado, Fernán

[4] *Id.*, cap. XXX, «Segundas lecturas».
[5] Falta un estudio detallado de la formación literaria y las fuentes de Palacio Valdés, tema al que abre gran-

Caballero, con su costumbrismo de tonos tradicionales y su amor a lo popular español. La busca de las obras universales de la literatura le hace entregarse voluntariosamente a la lectura de la *Ilíada*, la *Jerusalén libertada* y el *Orlando furioso*.

Años de adolescencia en que inicia su amistad con dos compañeros del Instituto, Leopoldo Alas y Tomás Tuero, también apasionados por las lecturas. Momento en que aparece su firma al pie de artículos publicados en una efímera y hoy desconocida revista juvenil, *La Instrucción*. Parece ser que el primer artículo publicado lo fue en *El Eco de Avilés* —el 22 de julio de 1869— y era una burlesca defensa de una traducción disparatada de *Píramo y Tisbe*, de Ovidio, hecha por un pasante de notario de la localidad, que firmó con las iniciales L. E. [6].

El paso siguiente en su carrera fue el traslado a Madrid, donde inició estudios de leyes en la Universidad Central. Llegó en octubre de 1870 y allí volvería a reunirse con sus amigos de Oviedo Tuero y Alas, que le ayudaron en su acomodamiento a una nueva vida.

El Madrid que encontraba el joven estudiante respiraba aún los aires un poco estancados del romanticismo isabelino, aunque removidos por una situación revolucionaria que conduciría a la caída de la Monarquía y la instauración de la República. La capital, cerebro y motor de un país fuertemente centralizado, era acogedora para los jóvenes provincianos aspirantes a ocupar un puesto en las letras o la política. Palacio Valdés co-

_____

des posibilidades el estudio de Jesús Fernández Álvarez. «Un probable eco de Henry Fielding en *La Fe* de Armando Palacio Valdés», Madrid, *Filología Moderna*, 33-34 (octubre-enero, 1969), págs. 101-108.

[6] PESEUX-RICHARS, A.: *Armando Palacio Valdés*, Burdeos, *Revue Hispanique*, XLII (1918). Un trabajo divulgador del episodio, comentado por el propio Palacio en «Lo primero que escribieron nuestros grandes autores. Palacio Valdés...», Madrid, *Estampa* (10-VI-1933).

noció las inevitables casas de huéspedes y las aulas del caserón de la calle de San Bernardo, los salones de la aristocracia o la alta burguesía, el Ateneo —el viejo, el de la calle de la Montera, donde él y sus amigos fundaron la primera «cacharrería», sala en que todo se discutía con el mayor apasionamiento—, las cervecerías Inglesa y Escocesa, donde formó parte del llamado «Bilis Club», no menos discutidor, aunque más bullanguero que docto, deambuló por la calle de Sevilla, cerrada entonces a la circulación rodada y propicia al vagar y a la conversación en grupos de desocupados, y vagó por el Retiro, aún sin el Paseo de Coches que lo pondría de moda entre las clases altas. No hay datos concretos de su vida en aquellos días. Le sabemos en el Teatro Variedades al producirse el asesinato del general Prim y uno de los primeros curiosos que corrieron al lugar del suceso al llegar la noticia del atentado. Lector asiduo de la biblioteca del Ateneo, pasó de las novelas a la busca de verdades universales. Cree que su camino está en la filosofía y lee un texto tras otro. Una cita de Goethe le descubre a Spinoza, que admira y le sobrecoge. Jornadas de enconadas discusiones en las tertulias citadas o en los divanes de cualquier hospitalario café, como el Suizo o el de la Iberia. Con sus dos amigos llegó a sacar hasta cinco números de una revista: *Rabagás*.

En 1874 acabó las carreras de Leyes y Administración. La vida social de los salones, los aplausos que se ofrecen a los aspirantes a la gloria como autores dramáticos o la pasión política que encarnizaba a los españoles, no le atraen tanto como el añorado paraíso de su infancia. Sin embargo, las letras y el periodismo ya le han conquistado con la notoriedad, en el ámbito de sus amistades, que le proporcionó el ataque que asestara al entonces famoso crítico Manuel de la Revilla.

En el Ateneo madrileño había conocido a don Luis Navarro, propietario con Eduardo Medina de la *Revista Europea* —la misma en que su amigo Alas publicara su tesis doctoral—. La revista solicita de él artículos sobre temas de filosofía. El mismo Navarro le sacó de su veraneo asturiano para hacerle volver a Madrid como redactor de su diario *El Cronista*. Al año siguiente era redactor jefe de la *Revista Europea*. Allí publicó semblanzas de oradores y escritores, tarea que emprendió gustoso y a la que él atribuía su entrada en las letras: «Esto me aficionó a la literatura; escribí poco después mi primera novela...» [7]. De aquel tiempo son también otras colaboraciones suyas en la ovetense *Revista de Asturias, Arte y Letras*, de Barcelona, y *La España Moderna*, de Madrid.

En aquellos días y en aquellas publicaciones parecía que el camino que se extendía ante Palacio Valdés era el de la crítica. Posiblemente influyera en su actividad el diario contacto con su amigo Leopoldo Alas. Cultivó una crítica aguda, donde no se escatimaban la sátira y aun los ataques personales —con un tono al uso semejante al que esgrimía, por ejemplo, Antonio de Valbuena y al que dio forma personal su amigo Alas con su seudónimo «Clarín»—. De la revista pasaron a sus libros, *Los oradores del Ateneo, Semblanzas y perfiles* (1878), *Los novelistas españoles, Semblanzas literarias* (1878), *Nuevo viaje al Parnaso* (1879).

Otro libro de este género apareció en 1882, *La literatura en 1881*, en colaboración con su amigo Leopoldo Alas (dieciséis capítulos de Palacio Valdés junto a quince de su colaborador). Martínez Cachero ha señalado «una radical identificación entre sus autores por lo que atañe a intenciones y procedimientos» [8]. Sin embargo, a partir de este

---

[7] Puede verse el prólogo a la edición de sus *Páginas escogidas* (Madrid, Calleja, 1917).

[8] «Clarín, crítico de su amigo Palacio Valdés», Oviedo,

momento iban a divergir los senderos de ambos escritores. Alas, a pesar de haber escrito dos buenas novelas y excelentes cuentos, consumió la mayor parte de su actividad continuando la ruta que marcaba aquel libro. Palacio Valdés, escribiría, a poco, su primera novela y con ella encontraría su más auténtica vocación.

En el mismo 1881 aparece este primer intento, *El señorito Octavio*, idilio trágico sobre el fondo de la Asturias conocida y querida: prados, nieblas, romerías... Dos años después, *Marta y María*, subtitulada «novela de costumbres», también ambientada en Asturias, en este caso la ciudad y el puerto de Avilés. En el siguiente, que es también el de su matrimonio, que la muerte cortaría al año y medio —«el mayor dolor que he experimentado en mi vida»—, se publicaron su libro de cuentos *Aguas fuertes* y otra novela, *El idilio de un enfermo*. Clarín, que se había ocupado amistosamente de sus novelas anteriores, pero sin regatear sus críticas, consideraba ya a su amigo «a la cabeza de los jóvenes que siguen en la novela las huellas gloriosas de maestros como Galdós o Pereda» [9]. Con más elogio recibe sus cuentos, en los que ve una «malicia bonachona», que tantas veces se dejará ver en las posteriores novelas.

1885 es la fecha de aparición de *José*, consecuencia de sus estancias en el pueblecito costero de Candás y de excursiones o visitas al próximo Cudillero. El material novelístico y humano que le ofrecían las gentes conocidas en el primero de estos lugares se hacía materia literaria en el pintoresco escenario que le proporcionaba el segundo de ellos [10].

Boletín del Instituto de Estudios Asturianos, XIX, 1953, página 403.

[9] *Id.*, pág. 407.

[10] El nombre que se da al lugar donde ocurre la novela encubre una localidad real, como suele ser usual

A partir de *José* siguió Palacio Valdés una bien medida vida de novelista profesional al que un público fiel sigue y alienta con su favor.

Riverita (1886) y *Maximina*, de hecho una sola acción en dos títulos, y *El cuarto poder* (1888) continúan el ciclo asturiano que cortaría una de sus más populares novelas, *La hermana San Sulpicio* (1889), construida, en frase de Clarín, con «Sevilla, el sol y el amor». La lista de sus obras se continúa con *La espuma* (1890), *El maestrante* (1893), *El origen del pensamiento* (1893), *Los majos de Cádiz* (1896), *La fe* (1897), *La alegría del capitán Ribot* (1899), *La aldea perdida* (1903), *Tristán o el pesimismo* (1906), *Papeles del doctor Angélico* (no exactamente novela), *La hija de Natalia* (1924), *Santa Rogelia* (1926), *Los cármenes de Granada* (1927), *Sinfonía pastoral* (1931). Sus cuentos o relatos breves forman los volúmenes *Aguas fuertes* (1884), *Seducción* (1914), *El pájaro en la nieve y otros cuentos* (1918), *A cara o cruz* (1929), *Tiempos felices (Escenas de la época es-*

---

en la novela realista (Marineda, La Coruña, en Emilia Pardo Bazán; Oviedo, Vetusta, para Clarín, y Pilares, para Pérez de Ayala, etc.) y ha dado lugar a una mantenida polémica entre Cudillero y Candás, pueblecitos asturianos, costeros y vecinos. Se funda el primero en la similitud fonética y las semejanzas topográficas; el segundo, a otros datos geográficos y al famoso Cristo de Candás. Debo al catedrático e investigador José María Martínez Cachero el conocimiento de esta discusión expuesta a lo largo de años en la prensa, hoy totalmente resuelta en *Historia de Candás y del Concejo de Carreño*, de David-Pérez Sierra (1974). Clarín, amigo de Palacio Valdés en aquellos años, al hacer su crítica de *José* lo afirmaba indirectamente: «Armando Palacio Valdés conoce su *Rodillero*, que no se llama así, lo conoce y lo quiere con todo corazón, porque él también encontró allí su Elisa, como José, aunque en otras esferas y *per accidens*...» La alusión se aclara si se sabe que el novelista conoció a la que sería su esposa en una visita casual a Candás, precisamente en compañía de su amigo Leopoldo. Relata esta escena con detalle Constantino Cabral en «Esta vez era un hombre de Laviana», Oviedo, *Boletín del Instituto de Estudios Asturianos*, XIX, 1953.

ponsalicia) (1933). Colaboró en publicaciones de relatos breves como *Los contemporáneos* y algunos de sus cuentos o novelas cortas se publicaron en distintas recopilaciones o sueltos, como *Los puritanos* (1929).

Junto a las novelas existe otra parte de su obra, no narrativa, pero en directa relación con ella. Son aquellos libros como *La novela de un novelista (Escenas de la infancia y adolescencia, 1921),* que en el mismo estilo de sus novelas evocan nostálgicamente una larga etapa de su vida: *Álbum de un viejo* (1941), presentado como una continuación del anterior, aunque no tiene su condición narrativa. Sus ideas sobre la literatura pueden buscarse en *Testamento literario* (1929), en el prólogo a la segunda edición de *La hermana San Sulpicio* (1889) y el discurso de ingreso en la Real Academia, que versó sobre «*¿Qué es un literato? ¿Qué papel representa? ¿Cuál es el que debe representar en nuestra sociedad?* (1920). Completa esta lista *La guerra injusta (Carta a un español),* recopilación de artículos publicados anteriormente en la prensa, y *El gobierno de las mujeres (Ensayo histórico de política femenina)* (1931).

Casado en segundas nupcias en 1899 con Manuela Vela y Gil, que habría de sobrevivirle, su vida transcurrió tranquila, apartado de tertulias y polémicas, con residencias veraniegas en Asturias y desde 1908 en Francia, en Capbretón, donde se había construido un chalet al que bautizó con el nombre de una de sus primeras novelas, «Marta y María». Elegido miembro de la Real Academia Española de la Lengua en 1906, en el sillón dejado vacante por José María de Pereda, no leyó su discurso hasta diciembre de 1920.

Agasajado con homenajes y honores, el avance de la edad redujo sus viajes y veraneos a partir de 1933 a lugares próximos a Madrid. En El Escorial se hallaba al iniciarse la guerra civil española y en Madrid pasó sus últimos días hasta sobrevenirle la muerte el 29 de enero de 1938.

JOSÉ

1. Caracterización general

La novela *José* es sencilla en cuanto a su estructura y desarrollo. En dimensión breve reúne las características de la novela realista. Su tema no es, en realidad, más que una poco complicada intriga amorosa entre gentes sencillas: en unas normales relaciones amorosas se interponen obstáculos que acabarán por ser franqueados en un feliz desenlace.

Su valor novelesco se halla en la inserción de este argumento en el mundo de sus protagonistas, un pueblecito costero asturiano y sus pobladores. Los personajes que rodean a aquellos y que intervienen con más o menos intensidad en la acción novelesca están totalmente encajados en un mismo ambiente, que el novelista quiere recoger con verismo. Son el hidalgo de Meira, la madre de cada uno de los dos jóvenes enamorados, el maestro de escuela, marido de una de ellas, el hijo anormal del sacristán, su madre, tenida por bruja... Gentes, la mayoría de ellas, formadas con observaciones de los pobladores de Candás.

Falta señalar otro elemento inseparable de la novela: la naturaleza, en este caso el mar, que en momentos alcanza papel de protagonista. Al Océano corresponde la variación de fondos y situaciones que exigía la escuela realista, pero no hemos de pensar en él sólo al recordar las escenas marinas, sino que toda la vida de los pobladores de Rodillero está condicionada por el mar, de él viven y él ha formado sus caracteres. Sus problemas, analizados, nos conducen a su forma de vida, que es la pesca, y hasta en los obstáculos que se presentan a la joven pareja está la necesidad de una barca nueva, de la que depende la boda, la pérdida de esta barca, la lucha diaria con el mar y hasta las actitudes cotidianas de los personajes, movidos en sus pasiones y reacciones por los resultados de la pesca y la lucha contra el Océano.

2. Elementos costumbristas

El costumbrismo, desarrollado con el Romanticismo, llevaba en sí gérmenes de novela realista que, a pesar de ello, tardó en surgir. Y cuando lo hizo, el aporte costumbrista fue muchas veces una tara, al derivar el fluir de la narración hacia la «escena» o el «cuadro». La descripción, desmenuzada en digresiones folklóricas, perdía el hilo de lo verdaderamente novelesco.

No olvidemos que Palacio Valdés subtituló José como «Novela de costumbres marítimas». Entraba, por tanto, en su idea de la novela la de recoger en ella el ambiente, los rasgos físicos, la psicología y la vida colectiva de un rincón de España (la lente que los románticos enfocaban hacia cualquier exotismo se vuelve, en la época en que predomina el realismo, hacia ambientes concretamente regionales o locales). Es como si la literatura fuese una flor ciudadana y la vida de la capital la única asequible al escritor. Palacio Valdés hace preceder su novela de una introducción en la que habla de Rodillero como si se tratase del más exótico país, preparando al lector para entrar en su conocimiento. «En este rincón, como en todos los demás de la tierra, se representan comedias y dramas, no tan complicados como en las ciudades...» Se explica en esta introducción cómo es geográficamente Rodillero, cómo son sus habitantes y cuál es su vida. A continuación se nos invita a «escuchar» «la historia sencilla de un pobre marinero».

Hay, de acuerdo con su propósito, costumbrismo en la novela, pero no con los acentos de los tiempos de Mesonero. Estampa costumbrista podría considerarse, en el capítulo II, la venta del pescado, pero no se acentúan las líneas de lo pintoresco y, sobre todo, la escena está actuando en función de lo que ha de ser trascendente en el relato. Podríamos señalar como cuadros costumbristas la descripción de la tienda de la «señá» Isabel, la riña entre ésta y Teresa, la pesca del bonito en el capítulo II, etc. La lucha de los pescadores contra el temporal se sale de lo costumbrista por los acentos épicos que Palacio Valdés le impone.

Estas contribuciones a un costumbrismo que se mantiene en parte de la novela realista española son breves y podríamos observar que Palacio Valdés desaprovecha ocasiones de extenderse en digresiones costumbristas o folklóricas. Así ocurre, por ejemplo, en la jubilosa escena de la botadura de la barca nueva de José, o la descripción de la industria del escabeche, fundamental en la vida de Rodillero, a la que se alude constantemente, pero que no sale una sola vez a escena.

Igual podría observarse respecto al acercamiento de su modo de describir los personajes a los «tipos», tal como también los creó el costumbrista. Sólo uno de ellos podría entrar en esta clasificación. Es, precisamente, el único que se muestra con la identidad suficiente para que pudiera extraerse su historia con dimensiones de relato y constituir por sí misma una narración e incluso un cuento, el llamado Señor de Meira.

Representante de la clase de los hidalgos que la marcha de los tiempos ha hecho desaparecer de Rodillero, está —y vive— un poco fuera del mundo real que pisan los demás personajes. Tanto éstos como el propio novelista que nos le presenta le ven con ciertos matices burlescos que se desvanecen ante la dignidad con que mantiene lo que cree deben de ser sus leyes morales y sociales. Su aristocratismo sentimental y paternalista viene a significar como una nostalgia de viejos tiempos mejores, en los que Palacio Valdés no deja de anotar también condiciones negativas. Su actitud protectora y abnegada respecto a José, movida sólo por un afán de protección al débil o al necesitado, le da en el argumento un papel de *deus ex machina*, que orientará la novela hacia su final feliz, resolviendo la precaria situación del marinero y los obstáculos que se oponían a su boda con Elisa.

Es imposible, al conocer la estampa del hidalgo de Meira, no recordar al escudero del Lazarillo del Tormes. Como él oculta su precaria situación económica tras una fachada de superioridad social. Como él ha de encubrir su necesidad para aceptar limosnas o invitaciones. Pero el gesto de nobleza, en el sentido moral de la palabra, los distingue. La bondad de este hidalgo asturiano es digna de la santidad y su mansedumbre hacia quienes le han llevado al estado en que se encuentra sólo es superada por su acción generosa respecto al protagonista de la novela.

Parentesco con el «tipo» costumbrista tiene también la descripción del maestro e incluso la presentación de los dos protagonistas.

3. *Novela marítima*

Pero el conjunto de apuntaciones costumbristas, o datos veraces sobre la vida de los pescadores, y aun diríamos que la trama central de la novela, lo domina el mar. En *La novela de un novelista* recordaba la profunda impresión —mezcla de terror y de gozo— que en su infancia le producían la visión de la cambiante superficie de las aguas, el rumor de las olas, el viento, los barcos, las gaviotas...

El mar no deja de estar presente un momento en la acción de la novela [11]. En el capitulillo introductorio, procedimiento repetido en la novela del realismo, una especie de *travelling* cinematográfico nos conduce desde una visión panorámica al centro donde la acción va a comenzar a desarrollarse. La panorámica es la del inolvidable paisaje costero de la Asturias de Muros de Nalón, San Esteban de Pravia, etc. —entre Gijón y Cudillero—, cerrado por «la gran mancha azul del Océano». Luego, bajando ya por la estrecha pendiente que conduce al Rodillero de la novela, el mar se va presentando poco a poco primero como un rumor que no se sabe bien de dónde procede, luego, «los ruidos del Océano se tornan más fuertes», hasta que, al revolver una peña, os halláis repentinamente frente al mar.

También en la novela la participación del mar es paulatina hasta llegar a su última y terrible actuación. Se presenta en el capítulo primero, en calma, con una brisa sin fuerza. Vuelve el mar en el capítulo VI en unas escenas de gran vivacidad descriptiva, en que la mar gruesa hace bailar y entrechocar las barcas peligrosamente. El capítulo se cierra con el enfrentamiento del hombre y el mar embravecido. Dos capítulos más adelante se forma súbitamente un vendaval que cruza violentamente por el pueblo, ofreciendo ocasión

---

[11] Es curioso que Clarín en su crítica diga que se la llama novela marítima, «con frase poco exacta; a la orilla del mar y allá en la *pluga* donde se pesca el besugo y la merluza sucede todo lo que el autor tiene que contarnos». Sin duda piensa en novelas marítimas como *El corsario*, de Cooper, o tantas como existen en la literatura inglesa —Marryat, Ballantine, Conrad, etc.—, o las que entre nosotros escribiría posteriormente Pío Baroja.

para otra magistral marina. Pero la gran actuación del mar se produce en el capítulo XV. Con precisión de observador naturalista, Palacio Valdés va siguiendo las etapas del temporal desde un repentino empeoramiento del tiempo una noche en que las nubes corren huracanadas y hacen peligroso salir a los pescadores, a los que la necesidad hace lanzarse a la mar, a pesar de todo. La lucha de José y los demás pescadores con el temporal alcanza acentos de epopeya y la atención tensa del lector se mantiene en el capítulo siguiente, visto, como en un contraplano cinematográfico, desde el angustiado punto de vista de Elisa y las demás mujeres y habitantes de Rodillero, que contemplan desde la costa una terrible y sobrehumana lucha con las olas. El ansia, el dolor, la esperanza se mantienen en un suspense que se comunica al lector. El mar parece dominar a los hombres. Las olas cierran el pequeño puerto. No se volverá a hablar de él.

En la crítica con que Clarín acogió la novela de su amigo, y donde no dejó de acusarle de abandonos de lenguaje, al llegar a esta parte se deja ganar por el entusiasmo: «Los capítulos catorce, quince y dieciséis pueden calificarse de joyas artísticas sin asomos de exageración. La descripción del galernazo nada tiene que envidiar a otra cualquiera entre las más excelentes que hayan escrito los maestros, y la llegada a Rodillero de los pobres marinos refugiados en otros puertos, el encuentro con sus familias en la playa, la visita al Cristo, náufrago también, son páginas en que se admira el arte sobrio, delicado, atento a la verdad y a la emoción. Al leer aquello se siente profunda piedad, el corazón salta en la garganta, y conseguir tal efecto es probar que se tiene el don divino del poeta...»

Y concluye el duro e insobornable crítico:

«En mi sentir, estos últimos capítulos de *José*

son lo mejor que hasta hoy ha escrito Armando Palacio» [12].

4. *Novela naturalista*

Cuando Palacio Valdés escribe *José* estaba al rojo en los medios literarios lo que Emilia Pardo Bazán, en un famoso libro, definía como «la cuestión palpitante», es decir, la polémica en torno al naturalismo. La exposición del tema por la inquieta escritora se publicó en el diario *La Época*, en 1882. Las novelas naturalistas francesas venían penetrando en España desde 1880, en que apareció en castellano *La taberna*, de Zola. En 1884 contaba ya este autor con ocho títulos a la venta con más de una edición cada uno. Desde 1876 habían comenzado a publicarse artículos divulgando la nueva tendencia, a los que siguieron los que la rechazaban o defendían, como una serie que provocó el debate en torno al tema, celebrado en el Ateneo madrileño en 1882.

No sólo en la teoría, sino en la práctica de la novela, había hecho su presencia el naturalismo. En 1881 está fechada *La desheredada*, de Benito Pérez Galdós, donde hay pasajes considerados como naturalistas, y en 1883 la Pardo Bazán publicó *La Tribuna*, la más próxima, entre sus novelas y probablemente entre todas las españolas, a la tendencia expuesta en su libro teórico. Entre 1884 y 1885 fecha Galdós *Lo prohibido*, la más naturalista de las suyas, y de esa misma fecha es *La prostituta*, de Eduardo López Bago, tenaz seguidor de una temática y un estilo con una

---

[12] Viene bien aludir aquí a una cuestión que no merece ser tratada con más extensión: la de la precedencia e incluso influencia de *Sotileza*, de Pereda, sobre *José*. Clarín, en la crítica varias veces citada, afirmaba: «Apareció *José* al mismo tiempo, creo que unos días antes...»

vocación que no correspondía a su talento literario.

En julio de ese año este novelista exponía así la situación: «En el Ateneo, en los saloncillos de los teatros, en las Academias y hasta en las mesas de los cafés, no hablamos de otra cosa»[13]. Y en una lista de escritores alineados en la nueva escuela reunía a Galdós, Sellés, Pereda, Pardo Bazán y Palacio Valdés.

La primer novela de éste, *El señorito Octavio*, fue considerada naturalista por la crítica. Clarín escribió: «Sigue la regla indicada por Zola: los hechos solos, nada del comentario sobra, nada de tesis: fría imparcialidad del novelista que se observa en Balzac, en Stendhal, en Flaubert, en los Goncourt, en Zola...»[14]. De este naturalismo, que no molestaba a Clarín, protestaba otro crítico, Fernanflor: «El señor Palacio en su novela abusa del naturalismo, rindiendo culto a la moda»[15].

No es extraño que a Palacio Valdés le afectara la oleada naturalista. «Era el agua que se bebía en aquella época»[16], es su gráfica frase para situar aquel momento de su obra. De que no había sucumbido totalmente a la escuela francesa, aunque también de que había en él determinadas confusiones que padecían no menos otros escritores y críticos, hay pruebas en un prólogo a *Marta y María*, donde se define como realista y protesta de que en ese momento no se considere tal más que al naturalismo, aunque parece contradecirse al decir también que ha tratado de «estudiar el tema con la serenidad del fisiólogo». No hay duda de que trataba de resistirse a la influencia zolesca, consciente de que hacía mella en él. Por

---

[13] Cita de Walter T. Pattison. *El Naturalismo español.* Madrid, Gredos, 1955.
[14] PATTISON, *ob. cit.*, pág. 87.
[15] *Idem.*
[16] En «Confidencia familiar», que precede a *Páginas escogidas*, Madrid, Calleja, 1925.

una cita en *Los mosquitos líricos*, uno de los relatos que recoge su libro *Aguas fuertes* (1884), comprobamos su conocimiento del autor francés, y en ese mismo año Ortega y Munilla, defensor de los nuevos, se cree obligado a matizar con un adjetivo *El idilio de un enfermo*, como «una página bucólica naturalista» [17].

En su obra de años posteriores se le ve apartarse de aquellas influencias, que en cierto modo repudia en el prólogo a *La hermana San Sulpicio* (1889). José María Roca Franquesa considera una etapa nueva en el novelista a partir de *Los majos de Cádiz* (1896), de tendencia «espiritualista y depurada». En el citado prólogo defiende al realismo como inseparable de la novela, pero considera al naturalismo como una forma de aquél —«un momento y una parte insignificante de la vida»—, con alguno de cuyos puntos esenciales nunca ha estado de acuerdo, como la tristeza, el pesimismo, los desenlaces trágicos, la condición grosera o vulgar de los personajes y el gusto por la impudicia.

Nunca fue Palacio Valdés abiertamente naturalista. Si Clarín le aplicaba este término al comentar *El señorito Octavio*, más pensaba en su condición de observador del natural que en la adscripción a una escuela, que él tampoco limitaba muy adecuadamente, al mezclar escritores como los que reunió en la cita antes hecha. Para no amontonar otras citas baste recordar que en ese mismo 1884 Luis Alfonso, examinando *Marta y María*, no le consideraba naturalista, aunque advirtiese en él «algunos síntomas». Pattison resume que el naturalismo de esta novela —y podría decirse de las demás de esta época— «tiene poca semejanza al zolaísmo puro».

José, escrita en plena alza de la influencia na-

---

[17] «Palique. *José*, novela por Armando Palacio Valdés», Barcelona, *La Ilustración Ibérica*, 30 de mayo de 1885.

turalista en su autor, ¿puede calificarse dentro de esta escuela? Veamos en ella lo que puede mostrar de ese naturalismo al que algunos le alineaban.

La novela sitúa su argumento en un medio muy determinado, el de una aldea de pescadores, y elige sus personajes entre ellos. Son gente humilde y quedan fuera de ella los pertenecientes a una clase enriquecida de la que sólo se hace mención en el relato, y que ha ocupado el lugar que antes correspondió a una vieja aristocracia terrateniente. Las existencias de cuantos caen dentro del enfoque novelístico se relaciona con sus condiciones de vida. Una campaña pesquera desfavorable o la pérdida de una barca no sólo son hechos que repercuten en la vida de la aldea, sino en el propio argumento y los episodios de su trama central: José y Elisa no pueden casarse y el final feliz se retrasa, con la posibilidad de nuevos episodios. La vida económica del pueblo condiciona totalmente la de los protagonistas. La elección de tema y medio no es ya absolutamente realista, sino que se acerca a los que podrían ser gratos a un planteamiento naturalista.

Los personajes poseen una pretensión de verismo. El novelista los ha observado tras la documentación que el naturalismo exigía. No hizo un viaje especial para compenetrarse con su ambiente porque los conocía de largo tiempo, sobre todo en sus veraneos en Luanco y Candás o en visitas a algún pueblecito vecino como Cudillero, de pintoresca belleza. Su amigo Clarín, que tan bien le conocía, nos dijo algo de la inmersión del novelista en el medio elegido, en su crítica ya citada: «Palacio ha ido a pescar muy lejos de la costa para saber cómo es éso; no ha querido contentarse con descripciones, ha querido sentir él lo que se siente allá afuera, y así (y además por virtud del arte) se nota desde los primeros renglones del primer capítulo de *José* esa belleza sin igual de la imitación *après nature*»[18].

La historia central es tan sencilla y verosímil que bien puede proceder de hechos reales, como también ocurre en los capítulos finales, en los que la voz del novelista se hace oír, emocionada y angustiada.

Los personajes hablan sin afectación literaria. Palacio Valdés les atribuye incorrecciones y modismos, con expresiones inequívocamente asturianas. Hasta se encuentra alguna que es consecuencia de la condición vascuence de quien habla.

El carácter naturalista de la observación y la descripción está acentuado en algunos momentos de la novela. Así, en el de la descarga del pescado:

«Recogíanlas las mujeres, y con increíble presteza las despojaban de la cabeza y la tripa, las amontonaban después en los cestos y, remangándose las enaguas, se entraban algunos pasos por el agua a lavarlas. En poco tiempo, una buena parte de ésta y el suelo de la ribera quedaron teñidos de sangre.»

O en algún momento de la riña entre Isabel y Teresa:

«... pero ésta, apelando a todos los medios de defensa, arrancó los pendientes a su enemiga, rajándole las orejas y haciéndole sangrar por ellas copiosamente...»

Para esta consideración del naturalismo en *José*, ha de tenerse también en cuenta que cuando la novela se escribe hace poco tiempo que el pueblo ha sido llevado a la novela en calidad de protagonista. En 1886, los Goncourt, en la introducción a *Germinie Lacerteux*, se preguntaban si las que se llamaban «clases bajas» no tenían derecho a la novela, «si ese mundo bajo un mundo, el pueblo, debía permanecer sometido a la excomu-

---

[18] *Idem.*

nión literaria y los desdenes de los escritores que hasta ahora han hecho el silencio sobre el alma y el corazón que pueda tener». Verdad es que después de estas palabras tampoco entra mucho la pareja naturalista en la exposición de las clases que defiende. Hasta 1877, con *L'Asommoir*, y 1885, con *Germinal*, no llevaría Zola a la novela la clase proletaria (y esta última fecha es la misma de *José*). Verdad es también que la crítica no ha tenido en cuenta la novela popular, de folletín o por entregas, que durante décadas atendió y aun halagó a los pobres con su dualismo de buenos y malos, coincidente con el de pobres y ricos. En este tipo de novela, como en las de Eugenio Sue, de donde procede, el mundo de los trabajadores y los bajos fondos se confunden.

Palacio Valdés ha situado su novela en un medio de trabajadores, de pescadores que llama humildes. No hay duda de que ello obedece a un propósito desde los momentos en que la planea. En la Introducción nos dice que va a relatarnos «la historia sencilla de un pobre marinero», y se extiende en exponer las características de los habitantes del pueblo, uno de los cuales —y sus tribulaciones— ha elegido para la construcción novelesca.

Ni José, que por algo da título a la novela, ni la pareja que forma con su prometida están solos. Les rodea un grupo de familiares, pero en un fondo próximo se halla todo el pueblo. Lo advertimos ya en el capítulo I, cuando avistamos la panorámica de los barcos salpicados por la superficie marina —treinta o cuarenta embarcaciones— y la acción colectiva de sus tripulantes, pescando apaciblemente. De esta visión panorámica se pasará a enfocar una barca, y dentro de ella conoceremos a José.

La «muchedumbre» —tal la califica— espera la llegada de las barcas. Es así, con esa actitud físicamente pasiva pero psicológicamente activa, como todo el pueblo participa en la vida de los marineros y pescadores —hijos, maridos, hermanos, vecinos—. El aliento épico que alcanza la novela en algunos pasajes surge tanto más que de la lucha de los marinos con el mar, de la actuación de esta especie de coro que subraya con su angustia el combate del hombre con el Océano. Es lo que ocurre en el capítulo VIII, en el que las mujeres corren a la cima de San Esteban, superando con la impaciencia, el miedo y la ansiedad las dificultades de la escarpada costa.

Esta actuación colectiva de Rodillero se va acentuando a lo largo de la novela, hasta culminar en el capítulo XV, cuando se prepara la gran escena de la tempestad y todo el pueblo se convierte en protagonista. Es curioso señalar cómo se descubre esta voluntad de Palacio Valdés en crear un personaje colectivo en el empleo de la palabra «masa» que no había alcanzado el sentido ni el uso con que se hizo popular en años posteriores.

Fuera de estos momentos culminantes, la población rodillerense está presente en toda la novela y sigue sus episodios. Por todo el pueblo corre la noticia de la pérdida de la lancha de José, todo el pueblo supone que se trata de un hecho criminal, y conoce y observa las andanzas del hidalgo de Meira y mucho más el desarrollo del idilio y su solución. «Los vecinos del lugar, sin faltar uno, no hallaban justificada su resolución.» De hecho, el pueblo participa en la vida de José como él en la del pueblo.

5. Divergencia con el naturalismo

Si se encuentran en *José* analogías con el naturalismo no son menos los caracteres que lo apartan de él.

La primera y más importante es el papel que juega el medio. Hemos repetido que Elisa, José, sus familias, sus compañeros de trabajo, son inseparables de su ambiente, pero no se insiste en que sea éste quien condiciona sus existencias y acciones. Hay un momento, en la Introducción, en que señala cómo la vida a que han de entregarse los habitantes de Rodillero les condiciona de modo inexorable y lamentable:

«En la escuela se observa que los niños son despiertos de espíritu y tienen la inteligencia lúcida; pero según avanzan en años se va apagando ésta poco a poco, sin poder atribuirlo a otra causa que a la vida exclusivamente material que observan apenas comienzan a ganarse el pan: desde la mar a la taberna, desde la taberna a casa, desde casa otra vez a la mar, y así un día y otro día, hasta que se mueren o inutilizan...»

Sin embargo, no se hace pesar sobre los rodilleneses que aparecen en la novela ningún determinismo. Nada menos zolesco que esta noticia que sigue a la frase copiada:

«Hay, no obstante, en el fondo de su alma una chispa de espiritualismo que no se apaga jamás, porque la mantiene viva la religión.»

La maldad, los vicios, la degeneración que corren por el ciclo zolesco de la familia Rougon-Macquart, están alejadas de un tipo de gentes de los que nos dice Palacio Valdés que la misma dureza de su existencia «va labrando su espíritu, despegándoles de los intereses materiales, haciéndoles generosos, serenos y con la familia tiernos. No abundan entre los marinos los avaros, los intrigantes y tramposos, como entre los campesinos».

Palacio Valdés ha enfocado un medio de humildes pescadores y quiere expresarlo con verismo; sin embargo, procura sacar a sus protagonistas del medio general que él mismo está pintando.

Por ejemplo, al presentar a José nos dice que vestía como los demás marineros, pero «algo más fino, no obstante, y mejor arreglado». Igual ocurre con Elisa, en medio de sus convecinas, «aunque de facciones más finas y concertadas que el común de ellas, vestía, asimismo, de modo semejante, pero con más aliño y cuidado». Palacio Valdés idealiza un poco a sus protagonistas, sobre todo a esta joven pescadora que asiste a su trabajo y «a veces ella misma tomaba parte teniendo el pescado entre las manos», como si no fuese condición indispensable en su faena que el novelista quiere evitarle con un sentido muy poco naturalista.

En este aspecto hay que observar también que los humildes pescadores y gentes de Rodillero, que cumplen los papeles principales, no pertenecen al estrato social más bajo, sino a un escalón superior. Al fin y al cabo, José es patrón de barca, su futura suegra tiene un comercio, el marido de ésta es maestro... Su condición social los mantiene en un nivel de vida ondulante según los resultados de la pesca, pero sin llegar a la miseria o la sordidez.

Palacio Valdés nunca se sintió atraído por la descripción de lo grosero, lo nauseabundo o lo obsceno. Apenas si hay un toque de este tipo en la escena citada de los pescados al ser sacados del mar. Pensemos en lo que este tema habría sido para un convencido naturalista o cómo a éste no se le habría escapado la vida en torno a la rudimentaria industria del escabeche.

Tampoco el desarrollo de la acción novelesca cae dentro de los gustos naturalistas. El desenlace trágico o desgraciado que él combatió en el prólogo a *La hermana San Sulpicio* es lo más alejado de la feliz solución de *José*. Los obstáculos que se alzan ante los jóvenes son tan pasajeros, a pesar de su aparente insalvabilidad, como la terrible tempestad que arrebata la vida a varios marineros, entre los que pudo estar *José*. Todo queda atrás, todo se olvida, mientras el sol sucede a los nubarrones de la galerna. Todo acaba bien, como en ese género novelesco conocido con el calificativo de «rosa» [19].

Igualmente, podríamos observar respecto al lenguaje, que hemos visto sencillo, conversacional, propio de las gentes que pueblan la novela, pero que tampoco llega a la preocupación naturalista por recoger un vocabulario con método científico o aprovechar un diccionario de argot —como en el caso de *L'Assommoir*, de Zola— sin eludir o paliar los vocabios más groseros. Como hace Palacio Valdés cuando la escena hace que los profieran sus personajes. El marino apodado *el Corsario*, al ser objeto de una broma pesada por parte de sus scompañeros, «se tendió de nuevo gruñendo feos juramentos». En otra ocasión oímos a Teresa, la madre de José, «recorrer fogosamente todo el catálogo de los dicterios». Aun en la escena más viva de la novela y que con más motivo podría calificarse de naturalista, la de la riña entre las dos madres y en la que se oyen algunos insultos, e incluso estamos a punto de que a Teresa le llamen «aquello», interviene el novelista:

«El furor de Teresa había llegado al punto máximo. Las injurias que salían de su boca eran cada vez más groseras y terribles. Por grande que sea nuestro amor a la verdad, y vivo el deseo de representar fielmente una escena tan señalada, el respeto que debemos a nuestros lectores nos obliga a hacer alto. Su imaginación podrá suplir fácilmente lo que resta.»

Respeto que lleva al novelista a dejar en una

---

[19] La colección que popularizó en España esa denominación desde una editorial barcelonesa, publicó *José* en su número 3 como contribución española a un género, al lado de Florencia Barclay, Henri Ardel y Guy Chantepleure.

inicial y unos puntos suspensivos una sucia y es· catológica palabra.

Tampoco hay en este mostrar la vida de los habitantes de Rodillero un propósito de señalar una posible injusticia social o al menos destacar la desigualdad. Su vista no se ha detenido en las condiciones de vida de los pescadores ni nos dice nada de la industria del escabeche, que se deduce en una etapa todavía artesanal, resultado en gran parte de la condición no totalmente proletaria de los personajes.

Finalmente, la trama amorosa, que constituye el eje de la novela, está más cerca del idilio que del modo en que es tratada generalmente por el naturalismo: no hay en ella la menor alusión al amor físico. No podía ser de otra manera en quien escribe. «Para que haya belleza en el hombre es necesario que se nos manifieste como hombre, no como animal. El acto material de la procreación nos confunde con las bestias, pero el hombre ha añadido ya a este acto un elemento espiritual: el pudor.» Una de las acusaciones que hizo siempre a la nueva escuela fue su caída en la impudicia.

Como acabamos de ver, a Palacio Valdés no le tentaban primordialmente los problemas sociales o políticos. En una carta a Ángel Cruz Rueda, le decía: «Las acciones privadas me han interesado siempre más que las públicas; las disputas y las alegrías en el seno de las familias me han atraído más poderosamente que las guerras y los tratados diplomáticos» [20].

En *José* es un problema privado, por usar sus palabras, el que da origen a la novela: el del desarrollo de unas relaciones amorosas entre un joven pescador y la que será su mujer una vez que se superen los obstáculos que constituyen la trama novelesca. Pero la observación directa del gru-

[20] CRUZ RUEDA, Ángel: *Armando Palacio Valdés*, Jaén, 1924.

po humano que rodea a los novios, y el propósito de recoger la verdad de una aldea asturiana de pescadores, no deja de recoger aspectos que desbordan de la acción individual o privada. En *José* hallamos alguna referencia histórico-social como el abandono del lugar por los antiguos hidalgos, el ascenso económico de los enriquecidos con la rudimentaria industria del escabeche y la dura lucha por la existencia que han de llevar los pescadores, que son quienes atraen más directamente su atención y protagonizan el relato. En las palabras introductorias llega a dar una fecha histórica que, sin duda, quedó en el recuerdo de aquellos pescadores, la de 1852, cuando «perecieron ochenta hombres, que representaban una tercera parte de la población útil».

El estudioso de cuestiones sociales o económicas encuentra en *José* datos de la vida de los pequeños pescadores: los precios y procedimientos de venta, los períodos de ganancia o penuria de acuerdo con las costeras y el conflicto con los pescadores vizcaínos, probablemente fechable en los años de veraneo del escritor en Candás.

Pero los hombres y mujeres de Rodillero no luchan por reivindicaciones sociales, su combate es contra el mar; podríamos decir, contra la Naturaleza, aunque sea por razón de su trabajo. Y los protagonistas luchan contra la maldad, la avaricia, los malos sentimientos.

6. *Técnica y estilo*

La técnica, sencilla, corresponde adecuadamente al argumento y al concepto de vidas y costumbres también sencillas de que habla el autor en sus palabras introductorias. Está dentro del concepto y la forma de la novela realista.

El autor va contando de modo lineal, sin detenerse ni dar saltos atrás en la acción. Todo su cede dentro del tiempo, entendido como un suceder que sigue la marcha del cómputo cronológico. La propia acción de la novela puede limitarse entre el verano de un año y el invierno del siguiente. Más que referencia de fechas las hay a las sucesivas campañas de pesca o «costeras», del bonito, la sardina, la merluza... Así, la cronología se ajusta a etapas marcadas por la vida de los pescadores y su trabajo.

Solamente se corta la línea temporal cuando se cree necesario ofrecer antecedentes como las historias retrospectivas del hidalgo de Meira o el nacimiento y días infantiles de José.

La narración se proyecta desde la omnisciencia del novelista. Él conoce totalmente los hechos que va a ir exponiendo. De ahí la sencillez del relato, la sujeción a un orden cronológico y los pocos artificios técnicos que alteran la línea del relato.

El narrador no trata de ocultar su presencia, está siempre al lado del lector y es su voz la que ha sonado desde las primeras palabras de la Introducción:

«Si algún día vais a la provincia de Asturias, no os vayáis sin echar una ojeada a Rodillero...»

Ya entrados en lo argumental de la narración predomina el relato en tercera persona y la forma verbal de imperfecto de indicativo («Eran las dos de la tarde. El sol resplandecía vivo, centelleante sobre el mar, la brisa apenas tenía fuerza...») cortada por diálogos que hacen jugar la primera y segunda persona y dan vida y sensación de presente a la acción. Técnicas totalmente concordantes con la omnisciencia señalada.

Pero en este modo de narrar, que se mantiene a lo largo de toda la novela, no se recata la voz del narrador que nos inició en la vida de Rodillero y sus habitantes al comenzar la Introducción.

Es fácil señalar ejemplos. En la descripción de la salita de la casa de Isabel, después de detallar muebles y adornos como los que se encuentran sobre la mesa, «dos grandes caracoles de mar, y en medio de aquellos, un barquichuelo de cristal, toscamente tallado», explica: «Estos atributos marinos suelen adornar las salas de las casas decentes de Rodillero.»

Voz que desaparece para surgir de nuevo en otras escenas, como la de la riña entre las dos mujeres, y recordar que no se produce ante nosotros, sino que nos es contada: «Por grande que sea nuestro amor a la verdad...» El procedimiento se repetirá. En medio de una marina, descrita con pincelada de pintor, escuchamos una primera persona que no es otra que el novelista en una aclaración de índole meteorológica: «Los vientos repentinos no traen consigo gran revolución en las aguas.»

Oiremos esta voz otras muchas veces, aclarándonos costumbres de los habitantes de Peñascosa y Rodillero, que usan trochas en vez del camino real para ir de uno a otro lugar, su poca afición al ahorro y, sobre todo, en el aterrorizado comentario al estado del pueblo en la noche de la tormenta, verdadera expresión sentimental del narrador.

El procedimiento viene de la novela romántica y se instala en la realista, pero está especialmente arraigado en la novela popular, tan frecuentada por Palacio Valdés en sus años de formación, como sabemos por sus propios recuerdos. En ella la voz omnisciente abunda en explicaciones que cree le exige la calidad de su público y son exactamente iguales a alguna de las que se han citado en *José*. En nada se diferencia esta retoma de un personaje, conduciendo de la mano al lector, tal como la leemos en *José* —«Don Cipriano, a quien ya tenemos el honor de conocer por haberle visto en la tienda de la maestra...»— con alguna frase de Pérez Escrich: «Ya estamos en La Habana, pero no entremos en esa populosa capital...»

40

La influencia, concretamente, de esta novela es evidente en la idílica versión del rosado porvenir de los prometidos en matrimonio. Probablemente derive del cultivo de este género la existencia de clichés que Palacio Valdés utiliza y desentonan en el relato realista con influencias naturalistas, como «cándida doncella», «hermosa doncella», «el anciano caballero», «correr como un gamo», etc.

7. Dualismo: bondad-maldad

La bondad ocupa un papel importante en Palacio Valdés hasta el extremo de envolver hombres y acciones dando un tono general a su obra. Esto es especialmente evidennte en *José*. A la bondad, como muestra constante de ese espiritualismo de que hablaba en su introducción, se debe, en gran parte, su distanciamiento del naturalismo que desde otros puntos de vista le tentaba.

La palabra bondad, expresamente escrita por él para definir a un personaje, existe en tanta medida como los hechos que la muestran, aun sin pronunciarla. Y en los motivos que hacen actuar a los personajes la hallamos poco oculta y como el sentimiento que mayor puesto tiene en la acción de los humanos. Los contrarios tienen menor participación y al fin son vencidos.

Ya en la Introducción se dice que los pescadores, objeto de su estudio y materia novelesca, son «de noble corazón» y, como ya hemos citado, «generosos, serenos y con la familia tiernos». No abundan los avaros, intrigantes y tramposos. Igual ocurre con las mujeres, aunque se nos diga que son distintas de sus esposos en carácter e ingenio. Destaca que tienen el genio vivo, y por eso son codiciosas, deslenguadas y pendencieras, cosa que ya veremos representada, sobre todo en Isabel.

En el desarrollo de la novela se repite la consideración de bondad y los personajes no ocultan la idea que tienen de la bondad de los demás. «Qué bueno eres», dice Elisa a su prometido al saber que vende más barato el pescado a su madre (pág. 22). Todo el pueblo aconsejaba a José que se prometiera con ella: «...una chica como una plata, buena y callada». Así se confirma una tonalidad moral que desde el prólogo corre por toda la novela. El enfrentamiento entre asturianos y vizcaínos no pasa a mayores, porque si los primeros son «de natural pacífico y bondadoso», los segundos, aunque «más vivos de genio y más astutos pero generosos y hospitalarios».

Hablando de José se oye la voz del novelista que comenta: «El amor en los hombres reflexivos, callados y virtuosos...»

Pero no se trata sólo de que el novelista nos lo diga. Sentimos a la bondad impulsando actos o rigiendo la acción argumental. En la historia de José le vemos responder a los malos tratos de que le ha hecho objeto su madre, cuando ha logrado su independencia económica, remitiéndole voluntariamente una parte del sueldo. Después, le vemos actuar con la misma bondad y mansedumbre ante las desventuras que le producen las malas artes de su futura suegra. Luego, recoge a su hermana viuda y sus sobrinos huérfanos. También ejercita sus virtudes auxiliando calladamente al empobrecido hidalgo de Meira.

Verdadera rivalidad en bondad es la que impregna la escena en que Elisa se encuentra con la madre de José y ésta responde a su saludo con una terrible bofetada y una lluvia de injurias. La muchacha no reacciona con violencia ante el inesperado ataque y se desmaya.

Su enemiga hasta aquel momento sufre una reacción brusca, en sentido opuesto a sus sentimientos de poco antes:

—«Pegarte, siendo tan buena y tan hermosa.»

Trata de hacerla volver en sí, prodigándole besos y solicitudes de perdón. La muchacha, confusa, no comprende bien lo que está ocurriendo. El texto de la novela excluye todo comentario en cuanto a la rivalidad en sentimientos generosos:

—«Muchas gracias..., es usted muy buena.

—¡Qué he de ser buena!..., la buena eres tú, mi palomita...»

El abrazo de las dos mujeres llorando cierra el capítulo.

Finalmente, recordemos la acción del hidalgo Fernando de Meira que, hundido en la miseria, actúa como verdadera hada benéfica: vende su casa, lo último que le queda, para entregar el dinero a José y que éste pueda comprar la barca que resolverá su situación económica y le permitirá casarse con Elisa. Se llega así al final feliz de la novela.

La maldad que suele oponerse a la bondad y la inocencia en el dualismo propio de las novelas populares aparece en *José* personificada en una figura, la de la madre de Elisa. Avariciosa, saca partido de los sentimientos de José hacia su hija para comprarle el pescado a precio más bajo. Luego procurar retrasar la boda de ambos para seguir disfrutando de los bienes que por herencia corresponden a aquélla. Hipócrita, la vemos lamentarse de la pérdida de la lancha sufrida por José, en realidad tramada por ella, y su astucia intenta culpar del hecho criminal a los vizcaínos con menos éxito del que siempre le ha valido sacar beneficio de la inocencia de José, a quien trata de crear un ambiente de borracho y hombre perdido. No sólo sus hechos la pintan así. También las propias palabras del novelista: Sentía «movimientos de terror y de ira» al pensar que la boda podría realizarse y su cabeza estaba «rellena de maldades». Por eso trama «la infame maquinación» de la destrucción de la barca, convenciendo al anormal hijo del sacristán. Anotemos que este personaje, brazo ejecutor de la maldad, es visto con lástima por Palacio Valdés, por su condición de anormal, al que suele aplicar los calificativos de «pobre» e «infeliz».

Isabel, es decir, la maldad, es vencida por la sabia utilización de la ley y el altruismo representado por el hidalgo de Meira, como la bruja de los cuentos infantiles. Isabel, sin poder hacer ya nada contra los enamorados, se sume en el silencio y desaparece de la novela. Quedan el mar y la tempestad que serán también, si no vencidos, hechos inofensivos para los protagonistas, quienes han visto acabar infortunios y cuidados.

La repetición del concepto de bondad llega a dar tono a un aspecto de la novela, y aún más a otras del autor, llegando a constituir un tópico en la imagen mantenida del novelista. Por ejemplo, Ramón D. Perés: «Su bondad, esa bondad ingénita y sin límites...» O Cruz Rueda, su más amplio biógrafo: «El gran escritor es también hombre bueno. Por esta bondad suma, la de su obra y la de su vida...» O Constantino Cabal: «...vosotros fuisteis buenos.

Como el Capitán Ribot.

Como Palacio Valdés»[21].

[21] Respectivamente, Ramón D. PERÉS, «Armando Palacio Valdés», en A dos vientos, Barcelona, 1892, págs. 23-65; CRUZ RUEDA, Ángel, Palacio Valdés, su vida v su obra, ya cit., pág. 17, y CABAL, Constantino, «Esta vez era un hombre de Laviano», Boletín del Instituto de Estudios Asturianos, VII, XIX, pág. 276.

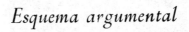

Esquema argumental

	ARGUMENTO CENTRAL	TRAMAS SECUNDARIAS	COSTUMBRISMO	EL MAR
INTRODUCCIÓN	El pueblo de Rodillero, su marco geográfico y sus habitantes.			
I	Presentación del pescador José y conocimiento de su noviazgo con Elisa. Está construyendo una barca para mejorar de posición y poder casarse.			
II			Tienda de Isabel. Llegada de los barcos con la pesca. Salita de Isabel. Tienda de Isabel.	Panorámica del mar en tranquilidad
III	José pide la mano de Elisa. La madre de ésta, hipócritamente, le da largas, para seguir disfrutando bienes que le corresponden mientras la muchacha esté soltera.	Presentación del hidalgo Fernando de Meira.		

IV		Salto atrás en la narración para hacer la historia de José y su padre.	El mar desde Rodillero.
V	José bota la lancha nueva.	Presentación de Rufo, el tonto, hijo del sacristán, enamorado de Elisa, a quien Isabel induce a que destruya la barca nueva de José.	
VI	José pierde la lancha, llevada por un golpe de mar, por haberle sido cortadas criminalmente las amarras. Ruptura del noviazgo.	Rufo corta las amarras de la lancha y el temporal la arrastra aguas adentro.	Marejada que pone en peligro las lanchas.
VII	Teresa sospecha lo ocurrido y obliga al tonto a confesarlo; luego riñe violentamente con Isabel y consigue judicialmente una indemnización.	La sacristana, que tiene fama de bruja, maldice a quienes han conseguido el embargo.	

	ARGUMENTO CENTRAL	TRAMAS SECUNDARIAS	COSTUMBRISMO	EL MAR
VIII		Historia de la sacristana.		Vendaval en el mar.
IX	Encuentro, en un camino, de Teresa y José con Isabel y Elisa. Mientras las madres riñen vuelve a anudarse el amor entre los jóvenes.			
X	Los novios se reúnen secretamente.	El hidalgo de Meira sorprende una conversación de los novios y se entera así de sus dificultades. El hidalgo decide vender la casa, único bien que le queda, y da el dinero a José para que compre una barca nueva.		
XI				

XII	Elisa decide conjurar el maleficio de la sacristana. Teresa cree que ha ido a ponerse de acuerdo con ella, la riñe y golpea, y luego, en súbito cambio, la consuela y se convierte en su amiga.		
XIII	Don Fernando planea la solución a la oposición de Isabel depositando judicialmente a Elisa.	Escena de lectura de novelas en alta voz en casa de la maestra.	
XIV	Elisa es sacada de casa de su madre.	Muerte de don Fernando.	
XV	Una violenta tempestad pone en peligro a los barcos pesqueros de Rodillero. Muchos no logran entrar en el **puerto.**		Terrible tempestad en el mar que pone en grave peligro a la flota pesquera.

ARGUMENTO CENTRAL	TRAMAS SECUNDARIAS	COSTUMBRISMO	EL MAR
XVI			
José y su barca, que se creían perdidos, han logrado salvarse refugiándose en otro puerto cercano. Todos los vecinos se dirigen al Cristo en acción de gracias. Elisa y José, felices, se casarán poco después.			

Características de esta edición

Se ha restituido minuciosamente el texto de la edición de 1885. Las repetidas publicaciones de la novela han ido viciando el de las ediciones posteriores, manteniendo erratas y llegando a la supresión de algunas frases y aun párrafos. La edición más asequible hoy une a estos deterioros una «limpieza», que ha corregido los «abandonos de lenguaje» a que aludió *Clarín* y modificado formas pronominales y hasta supuestas incorrecciones, con el mismo irrespetuoso tesón con que más de una vez se ha repintado un viejo óleo.

La diferencia de puntuación entre la edición de 1885 y las posteriores es tan grande que podría pensarse en una revisión del propio autor, idea que contribuye a fijar la modificación de alguna, muy pocas, palabras, que en mano de un corrector sería más que excesivo atrevimiento.

Nuestro criterio ha consistido en respetar la puntuación de la edición primera, de mano de Palacio Valdés en todo caso, y muy propia de la fecha en que está escrita la novela. Las pocas palabras sustituidas en ediciones posteriores se dan a pie de página, señalándolas con un asterisco.

Bibliografía

José (Novela de costumbres marítimas), por Armando PALACIO VALDÉS. Madrid, imprenta de Manuel G. Hernández, 1885.

PATTISON, Walter T.: *El naturalismo español. Teoría externa de un movimiento literario,* Madrid, Gredos, 1965.

PARDO BAZÁN, Emilia: *La cuestión palpitante.* Edición de Carmen Bravo Villasante, Salamanca, Anaya, 1966.

CRUZ RUEDA, Ángel: *Armando Palacio Valdés. Su vida y su obra,* 2.ª edición aumentada, Madrid, Saeta, 1949.

Boletín del Instituto de Estudios Asturianos, año VII, número XIX, 1953, Diputación Provincial de Asturias. Dedicado a Armando Palacio Valdés.

ENTRAMBASAGUAS, Joaquín de: «Armando Palacio Valdés», en *Las mejores novelas contemporáneas,* III, Barcelona, editorial Planeta, 1958, 5.ª ed., 1970.

PESEUX-RICHARD, H.: «Armando Palacio Valdés», *Revue Hispanique,* XLII, Burdeos (1918), pág. 305 y ss.

ROCA FRANQUESA, José María: «La novela de Palacio Valdés. Clasificación y análisis», *Boletín del Instituto de Estudios Asturianos,* Oviedo, VII, 1953.

COLANGELI ROMANO, María: *A. Palacio Valdés romanziere,* Lecce, Milella, 1957.

PALACIO VALDÉS, Armando: *La novela de un novelista,* Buenos Aires-Madrid, Espasa Calpe, 7.ª ed., 1959.

— *Semblanzas literarias,* Madrid, Victoriano Suárez, *Obras completas,* XI, 1908.

José

Si algún día venís a la provincia de Asturias, no os vayais sin echar una ojeada a Rodillero [1]. Es el pueblo más singular y extraño de ella, ya que no el más hermoso. Y todavía en punto a belleza considero que se las puede haber con cualquier otro, aunque no sea ésta la opinión general. La mayoría de las personas, cuando hablan de Rodillero, sonríen con lástima, lo mismo que cuando se mienta en la conversación a un cojo o corcovado [2] o a otro mortal señalado de modo ridículo por la mano de Dios. Es una injusticia. Confieso que Rodillero no es gentil, pero es sublime, lo cual importa más.

Figuraos que caminais por una alta meseta de la costa, pintoresca y amena, como el resto del país; desparramados por ella vais encontrando blancos caserones, medio ocultos entre el follaje de los árboles, y quintas, de cuyas huertas cuelgan en piños sobre el camino las manzanas amarillas, sonrosadas; un arroyo cristalino serpea por el medio, esparciendo amenidad y frescura; delante tenéis la gran mancha azul del océano; detrás, las cimas lejanas de algunas montañas, que forman oscuro y abrupto cordón en torno de la

---

[1] Nombre que da Palacio Valdés al lugar en que transcurre la novela y que formó con el recuerdo de Cudillero y el de Candás, ambos en la costa asturiana, siguiendo un procedimiento usual en la novela realista. La Vetusta de Clarín es Oviedo; Marineda, La Coruña, en Emilia Pardo Bazán; en Ramón Pérez de Ayala, Oviedo es Pilares, etc. La localización de Rodillero ha dado lugar a polémica local, de la que se habla en la Introducción.

[2] Jorobado, cheposo.

campiña, que es dilatada y llana. Cerca ya de la mar, comenzáis a descender rápidamente, siguiendo el arroyo, hacia un barranco negro y adusto: en el fondo está Rodillero. Pero este barranco se halla cortado en forma de hoz, y ofrece no pocos tramos y revueltas antes de desembocar en el océano. Las casuchas que componen el pueblo están enclavadas por entrambos lados en la misma peña, pues las altas murallas que lo cierran no dan espacio más que para el arroyo y una estrecha calle que lo ciñe: calle y arroyo van haciendo eses, de suerte que algunas veces os encontraréis con la montaña por delante, escucharéis los rumores de la mar detrás de ella y no sabréis por dónde seguir para verla: el mismo arroyo os lo irá diciendo. Salváis aquel tramo, pasáis por delante de otro montón de casas colocadas las unas encima de las otras en forma de escalinata, y de nuevo dais con la peña, cerrandoos el paso. Los ruidos del océano se tornan más fuertes, la calle se va ensanchando: aquí tropezáis con algunas redes tendidas en el suelo; perciberéis el olor nauseabundo de los residuos podridos del pescado; el arroyo corre más sucio y sosegado, y flotan sobre él algunos botes: por fin, al revolver de una peña os halláis frente al mar. El mar penetra, al subir, por la oscura garganta, engrosando el arroyo. La playa que deja descubierta al bajar no es de arena, sino de guijo[3]. No hay muelle ni artefacto alguno para abrigar las embarcaciones: los marineros, cuando tornan de la pesca, se ven precisados a subir sus lanchas a la rastra hasta ponerlas a seguro.

Rodillero es un pueblo de pescadores. Las casas, por lo común, son pequeñas y pobres y no tienen vistas más que por delante; por detrás se las quita la peña adonde están adosadas. Hay al-

---

[3] Piedra redondeada por el movimiento del agua. Abundan en la costa próxima a Cudillero las playas de guijos en vez de arena.

gunas, menos malas, que pertenecen a las pocas personas de lustre que habitan en el lugar, enriquecidas la mayor parte en el comercio del escabeche [4]; suelen tener detrás un huerto labrado sobre la misma montaña, cuyo ingreso está en el piso segundo. Hay, además, tres o cuatro caserones solariegos, deshabitados, medio derruidos; se conoce que los hidalgos que los habitaban han huido hace tiempo de la sombría y monótona existencia de aquel pueblo singular. Cuando lo hayáis visitado les daréis la razón. Vivir en el fondo de aquel barranco oscuro donde los ruidos de la mar y del viento zumban como en un caracol debe de ser bien triste.

En Rodillero, no obstante, nadie se aburre; no hay tiempo para ello. La lucha ruda, incesante, que aquel puñado de seres necesita sostener con el océano para poder alimentarse, de tal modo absorbe su atención, que no se echa menos ninguno de los goces que proporcionan las grandes ciudades. Los hombres salen a la mar por la mañana o a medianoche, según la estación, y regresan a la tarde: las mujeres se ocupan en llevar el pescado a las villas inmediatas, o en freírlo para escabeche en las fábricas, en tejer y remendar las redes, coser las velas y en los demás quehaceres domésticos. Adviértese entre los dos sexos extraordinarias diferencias en el carácter y en el ingenio. Los hombres son comúnmente graves, taciturnos, sufridos, de escaso entendimiento y noble corazón. En la escuela se observa que los niños son despiertos de espíritu y tienen la inteligencia lúcida; pero según avanzan en años se va apagando ésta poco a poco, sin poder atribuirlo a otra causa que a la vida exclusivamente material que observan, apenas comienzan a ganarse el pan:

---

[4] Adobo para conservar los pescados hecho con aceite, vinagre y sal. Se hacía de modo artesanal antes del desarrollo de la industria conservera. Si no se especifica la clase de pescado se entiende que es de bonito.

desde la mar a la taberna, desde la taberna a casa, desde casa otra vez a la mar, y así un día y otro día, hasta que se mueren o inutilizan. Hay, no obstante, en el fondo de su alma una chispa de espiritualismo que no se apaga jamás, porque la mantiene viva la religión. Los habitantes de Rodillero son profundamente religiosos; el peligro constante en que viven les mueve a poner el pensamiento y la esperanza en Dios. El pescador todos los días se despide para el mar, que es lo desconocido; todos los días se va a perder en ese infinito azul de agua y de aire sin saber si volverá. Y algunas veces, en efecto, no vuelve: no se pasan nunca muchos años sin que Rodillero pague su tributo de carne al océano. En ocasiones el tributo es terrible: en el invierno de 1852 perecieron ochenta hombres, que representaban una tercera parte de la población útil. Poco a poco esta existencia va labrando su espíritu, despegándoles de los intereses materiales, haciéndoles generosos, serenos, y con la familia tiernos: no abundan entre los marinos los avaros, los intrigantes y tramposos, como entre los campesinos.

La mujer es muy distinta: tiene las cualidades de que carece su esposo, pero también los defectos. Es inteligente, de genio vivo y emprendedor, astuta y habilidosa, por lo cual lleva casi siempre la dirección de la familia; en cambio, suele ser codiciosa, deslenguada y pendenciera. Esto en cuanto a lo moral. Por lo que toca a lo corporal, no hay más que rendirse y confesar que no hay en Asturias y por ventura en España quien sostenga comparación con ellas. Altas, esbeltas, de carnes macizas y sonrosadas, cabellos negros abundosos, ojos negros también y rasgados, que miran con severidad como los de las diosas griegas; la nariz, recta o levemente aguileña, unida a la frente por una línea delicada, termina con ventanas un poco dilatadas y de movilidad extraordinaria, indicando bien su natural impetuoso y apasionado; la boca fresca, de un rojo vivo que contrasta primorosamente con la blancura de los dientes; caminan con majestad, como las romanas; hablan velozmente y con acento musical, que las hace reconocer en seguida dondequiera que van; sonríen poco, y eso con cierto desdén olímpico. No creo que en ningún otro rincón de España se pueda presentar un ramillete de mujeres tan exquisito.

En este rincón, como en todos los demás de la tierra, se representan comedias y dramas, no tan complicados como en las ciudades, porque son más simples las costumbres, pero quizá no menos interesantes. Uno de ellos se me ofrece que contar: es la historia sencilla de un pobre marinero. Escuchadla los que amáis la humilde verdad, que a vosotros la dedico.

I

Eran las dos de la tarde. El sol resplandecía vivo, centelleante, sobre el mar. La brisa apenas tenía fuerza para hinchar las velas de las lanchas pescadoras que surcaban el océano a la ventura. Los picos salientes de la costa y las montañas de tierra adentro se veían a lo lejos envueltos en un finísimo cendal azulado. Los pueblecillos costaneros brillaban como puntos blancos en el fondo de las ensenadas. Reinaba silencio, el silencio solemne, infinito, de la mar en calma. La mayor parte de los pescadores dormían o dormitaban en varias y caprichosas actitudes; quiénes de bruces sobre el carel [5], quiénes respaldados, quiénes tendidos boca arriba sobre los paneles o tablas del fondo. Todos conservaban en la mano derecha los hilos de los aparejos, que cortaban el agua por detrás de la lancha en líneas paralelas: la costumbre les hacía no soltarlos ni en el sueño más profundo. Marchaban treinta o cuarenta embarcaciones a la vista unas de otras, formando a modo de escuadrilla, y resbalaban tan despacio por la tersa y luciente superficie del agua que a ratos parecían inmóviles. La lona [6] tocaba a menudo en los palos, produciendo un ruido sordo que convidaba al sueño. El calor era

---

[5] Borde de un barco pequeño, donde se sujetan los remos.
[6] Vela del barco.

sofocante y pegajoso, como pocas veces acontece en el mar.

El patrón de una de las lanchas abandonó la caña[7] del timón por un instante, sacó el pañuelo y se limpió el sudor de la frente; después volvió a empuñar la caña y paseó una mirada escrutadora por el horizonte, fijándose en una lancha que se había alejado bastante; presto volvió a su actitud descuidada, contemplando con ojos distraídos a sus dormidos compañeros. Era joven, rubio, de ojos azules; las facciones, aunque labradas y requemadas por la intemperie, no dejaban de ser graciosas; la barba, cerrada y abundante; el traje, semejante al de todos los marineros, calzones y chaqueta de algodón azul y boína blanca; algo más fino, no obstante, y mejor arreglado.

Uno de los marineros levantó al cabo la frente del carel, y restregándose los ojos articuló oscuramente y con mal humor:

—¡El diablo me lleve si no vamos a estar encalmados todo el día!

—No lo creas —repuso el patrón escrutando de nuevo el horizonte—, antes de una hora ventará fresco del Oeste; el semblante[8] viene de allá. Tomás ya amuró para ir al encuentro.

—¿Dónde está Tomás? —preguntó el marinero mirando al mar, con la mano puesta sobre los ojos a guisa de pantalla.

—Ya no se le ve.

—¿Pescó algo?

—No me parece...; pero pescará... y todos pescaremos. Hoy no nos vamos sin bonito a casa.

—Allá veremos —gruñó el marinero, echándose nuevamente de bruces para dormir.

El patrón tornó a ser el único hombre despierto en la embarcación. Cansado de mirar el semblante, el mar y las lanchas, puso los ojos en un

---

[7] Barrote de madera que se encaja en el timón y sirve para manejarle.

[8] Cambio brusco de un viento en otro contrario.

marinero viejo que dormía boca arriba debajo de los bancos, con tal expresión de ferocidad en el rostro, que daba miedo. Mas el patrón, en vez de mostrarlo, sonrió con placer.

—Oye, Bernardo —dijo tocando en el hombro al marinero con quien acababa de hablar—; mira qué cara tan fea pone el Corsario para dormir.

El marinero levantó otra vez la cabeza y sonrió también con expresión de burla.

—Aguarda un poco, José, vamos a darle un chasco... Dame acá esa piedra...

El patrón, comprendiendo en seguida, tomó un gran pedrusco que servía de lastre en la popa y se lo llevó en silencio a su compañero. Este fue sacando del agua con mucha pausa y cuidado el aparejo del Corsario y cuando hubo topado con el anzuelo, le amarró con fuerza el pedrusco y lo dejó caer muy delicadamente en el agua; y con toda presteza se echó de nuevo sobre el carel en actitud de dormir.

—¡Ay, María! —gritó despavorido el marinero al sentir la fuerte sacudida del aparejo. La prisa de levantarse le hizo dar un testerazo [9] contra el banco; pero no se quejó.

Los compañeros todos despertaron y se inclinaron de la banda de babor, por donde el Corsario comenzaba a tirar ufano de su aparejo. Bernardo también levantó la cabeza, exclamando con mal humor:

—¡Ya pescó el Corsario! ¡Se necesita que no haya un pez en la mar para que este condenado no lo aferre!

Al decir esto guiñó el ojo a un marinero, que a su vez dio un codazo a otro, y éste a otro; de suerte que en un instante casi todos se pusieron al tanto de la broma.

—¿Es grande, Corsario? —dijo otra vez Bernardo.

---

[9] Golpe dado en al cabeza al golpearse con algo.

3

—¿Grande?... Ven aquí a tener; verás cómo tira.

El marinero tomó la cuerda que el otro le tendía, y haciendo grandes muecas de asombro frente a sus compañeros, exclamó en tono solemne:

—¡Así Dios me mate si no pesa treinta libras! Será el mejor animal de la costera [10].

Mientras tanto el Corsario, trémulo, sonriente, rebosando de orgullo, tiraba vigorosamente, pero con delicadeza, del aparejo, cuidando de arriar de vez en cuando para que no se le escapara la presa. Los rostros de los pescadores se inclinaban sobre el agua, conteniendo a duras penas la risa.

—Pero, ¿qué imán o qué mil diablos traerá consigo este ladrón, que hasta dormido aferra los peces? —seguía exclamando Bernardo con muecas cada vez más grotescas.

El Corsario notó que el bonito, contra su costumbre, tiraba siempre en dirección al fondo; pero no hizo caso, y siguió trayendo el aparejo, hasta que se vio claramente la piedra al través del agua.

¡Allí fue Troya! [11]. Los pescadores soltaron todos a la vez el hilo de la risa, que harto lo necesitaban, prorrumpieron en gritos de alegría, se apretaban los ijares [12] con los puños y se retorcían sobre los bancos sin poder sosegar el flujo de las carcajadas.

—¡Adentro con él, Corsario, que ya está cerca!

—No es bonito, pero es un pez muy estimado por lo tierno y sabroso.

---

[10] Temporada que dura la pesca de una especie marina.
[11] Expresión con que se señala donde se ha producido un combate o una gran destrucción. En *Don Quijote de la Mancha* (2.ª parte, cap. XXIX: «Si no fuera por los molineros... allí habría sido Troya para los dos.» Procede de la *Eneida* (libro 3, v. 11: «et campos ubi Troia fuit...».
[12] Espacio situado entre las costillas falsas y la cadera.

—Sobre todo con aceite y vinagre y un si es no es de pimentón.

—Apostad a que no pesa treinta libras como yo decía.

El Corsario, mohíno, fruncido y de malísimo talante, metió a bordo el pedrusco, lo desamarró y soltó de nuevo el aparejo al agua; después echó una terrible mirada a sus compañeros y murmuró:

—¡Cochinos, si os hubierais visto en los apuros que yo, no tendríais gana de bromas!

Y se tendió de nuevo, gruñendo feos juramentos. La risa de los compañeros no se calmó por eso; prosiguió viva un buen rato, reanimada, cuando estaba a punto de fenecer, por algún chistoso comentario. Al fin se calmó, no obstante, o más bien se fue transformando en alegre plática, y ésta a la postre en letargo y sueño.

Empezaba a refrescar la brisa: al ruido de la lona en los palos sucedió el susurro del agua en la quilla [13].

El patrón, con la cabeza levantada, sin perder de vista las lanchas, aspiraba con delicia este viento precursor del pescado: echó una mirada a los aparejos para cerciorarse de que no iban enredados, orzó [14] un poco para ganar el viento, atesó cuanto pudo la escota y se dejó ir. La embarcación respondió a estas maniobras ladeándose para tomar vuelo. Los ojos de lince del timonel observaron que una lancha acababa de aferrar.

—Ya estamos sobre el bonito —dijo en voz alta; pero nadie despertó.

Al cabo de un momento, el marinero más próximo a la proa gritó reciamente:

—¡Ay, María!

El patrón largó la escota para suspender la

---

[13] Pieza del barco que corre a lo largo, por bajo de él, y sujeta todo su armazón.

[14] Dirigir la proa de un barco hacia la parte de donde sopla el viento.

marcha. El marinero se detuvo antes de tirar, asaltado por el recuerdo de la broma anterior, y echando una mirada recelosa a sus compañeros preguntó:

—¿Es una piedra también?

—¡Tira, animal! —gritó José temiendo que el pescado se fuese.

El bonito había arrastrado ya casi todo el aparejo. El marinero comenzó a tirar con fuerza. A las pocas brazas [15] de hilo que metió dentro, lo arrió de nuevo, porque el pez lo mantenía harto vibrante, y no era difícil que lo quebrase; volvió a tirar y volvió a arriar; y de esta suerte, tirando y arriando, consiguió pronto que se distinguiese allá en el fondo un bulto oscuro que se revolvía furioso despidiendo destellos de plata; y cuanto más se le acercaba al haz [16] del agua, mayores eran y más rabiosos sus esfuerzos para dar la vuelta y escapar; y unas veces, cuando el pescador arriaba el cabo, parecía conseguirlo, remedando en cierto modo al hombre que, huyendo, se juzga libre de su fatal destino; y otras, rendido y exánime, se dejaba arrastrar dócilmente hacia la muerte. Al sacarlo de su nativo elemento y meterlo a bordo, con sus saltos y cabriolas salpicó de agua a toda la tripulación. Después, cuando le arrancaron el anzuelo de la boca, quedó inmóvil un instante, como si hiciese la mortecina [17]; mas de pronto comenzó a sacudirse debajo de los bancos con tanto estrépito y furor que en poco estuvo no saltase otra vez al agua. Pero ya nadie hacía caso de él; otros dos bonitos habían aferrado casi al mismo tiempo, y los pescadores se ocupaban en meterlos dentro.

La pesca fue abundante. En obra de tres o

---

[15] Unidad de longitud, usada en la marina, equivalente a seis pies o 1,67 metros.
[16] Superficie del mar.
[17] Hacerse el muerto.

cuatro horas entraron a bordo ciento y dos bonitos.

—¿Cuántos? —preguntaron desde una lancha que pasaba cerca.

—Ciento dos. ¿Y vosotros?

—Sesenta.

—¡No os lo dije yo! —exclamó Bernardo dirigiéndose a sus compañeros—. Ya veréis como no llega a ochenta la que más lleve a casa. Cuando un hombre se quiere casar, aguza las uñas que asombra...

Todos los rostros se tornaron sonrientes hacia el patrón, en cuyos labios también se dibujó una sonrisa, que hizo más bondadosa aún la expresión de su rostro.

—¿Cuándo te casas, José? —preguntó uno de los marineros.

—Tomás y Manuel ya amuraron [18] para tierra —profirió él sin contestar—. Suelta esa driza [19], Ramón, vamos a cambiar.

Después que se hubo efectuado la maniobra, dijo Bernardo:

—¿Preguntabais cuándo se casa José?... Pues bien claro está... En cuanto se bote al agua la lancha.

—¿Cuándo le dan brea? [20].

—Muy pronto. El calafate [21] me dijo que antes de quince días quedaría lista —repuso Bernardo.

—Habrá tocino y jamón aquel día, ¿eh, José?

—Y vino de Rueda superior —dijo otro.

—Y cigarros de La Habana —apuntó un tercero.

—Yo se lo perdonaba todo —dijo Bernardo—

---

[18] Maniobra marítima que consiste en sujetar las puntas de las velas en un costado del barco.

[19] Cuerdas que sirven para arriar o desplegar las velas.

[20] Mezcla de brea (alquitrán) con pez, sebo y aceite de pescado que, calentada, se usa para calafatear los barcos.

[21] Hombre que realiza la operación de calafatear, o sea, tapar las junturas de las maderas en los barcos.

con tal que el día de la boda nos llevase a ver la comedia a Sarrió [22].

—Imposible, ¿no consideras que aquella noche José no puede acostarse tarde?

—Bien; pues entonces que nos dé los cuartos para ir, y que él se quede en casa.

El patrón lo escuchaba todo sin decir palabra, con la misma sonrisa benévola en los labios.

—¡Qué mejor comedia —exclamó uno— que dormir con la hija de la maestra!

—¡Bah, bah! Ten cuidado con lo que hablas —manifestó José entre risueño y enfadado.

Los compañeros celebraron la grosería como el chiste más delicado, y siguió la broma y cantaleta [23], mientras el viento, que comenzaba a sosegarse, los empujaba suavemente hacia tierra.

II

Comenzaba el crepúsculo cuando las barcas entraron en la ensenada de Rodillero. Una muchedumbre, formada casi toda de mujeres y niños, aguardaba en la ribera, gritando, riendo, disputando; los viejos se mantenían algo más lejos, sentados tranquilamente sobre el carel de alguna lancha que dormía sobre el guijo esperando la carena [24]. La gente principal o de media levita [25] contemplaba la entrada de los barcos desde los bancos de piedra que tenían delante las casas más vecinas a la playa. Antes de llegar, con mucho, ya sabía la gente de la ribera, por la expe-

---

[22] Nombre que se da en la novela a la ciudad de Gijón. En ella situó también la acción de *El cuarto poder*.
[23] Ruido o confusión de voces con que se hace burla de alguien.
[24] Reparación del casco de un barco.
[25] De la clase media.

riencia de toda la vida, que traían bonito. Y como sucedía siempre en tales casos, esta noticia se reflejaba en los semblantes en forma de sonrisa. Las mujeres preparaban los cestos a recibir la pesca, y se remangaban los brazos con cierta satisfacción voluptuosa; los chicos escalaban los peñascos más próximos a fin de averiguar prontamente lo que guardaba el fondo de las lanchas. Éstas se acercaban lentamente: los pescadores, graves, silenciosos, dejaban caer perezosamente los remos sobre el agua.

Una tras otra fueron embarrancando en el guijo de la ribera; los marineros se salían de ellas dando un gran salto para no mojarse; algunos se quedaban a bordo para descargar el pescado, que iban arrojando pieza tras pieza a la playa. Recogíanlas las mujeres, y con increíble presteza las despojaban de la cabeza y la tripa, las amontonaban después en los cestos, y remangándose las enaguas, se entraban algunos pasos por el agua a lavarlas. En poco tiempo, una buena parte de ésta, y el suelo de la ribera, quedaron teñidos de sangre.

En cuanto saltaron a tierra, los patrones formaron un grupo y señalaron el precio del pescado. Los dueños de las bodegas de escabeche y las mujerucas que comerciaban con lo fresco esperaban recelosos a cierta distancia el resultado de la plática.

Una mujer vestida con más decencia que las otras, vieja, de rostro enjuto, nariz afilada y ojos negros y hundidos, se acercó a José cuando éste se apartó del grupo, y le preguntó con ansiedad:

—¿A cómo?

—A real y medio.

—¡A real y medio! —exclamó con acento colérico— ¿Y cuándo pensáis bajarlo? ¿Os figuráis que lo vamos a pagar lo mismo cuando haya mucho que cuando haya poco?

—A mí no me cuente nada, señá Isabel —repuso avergonzado José—. Yo no he dicho esta boca es mía. Allá ellos lo arreglaron.

—Pero tú has debido advertirles —replicó la vieja con el mismo tono irritado— que no es justo; que nos estamos arruinando miserablemente; y, en fin, que no podemos seguir así...

—Vamos, no se enfade, señora... Yo haré lo que pueda por que mañana se baje. Además, ya sabe...

—¿Qué?

—Que los dos quiñones [26] de la lancha y el mío los puede pagar como quiera.

—No te lo he dicho por eso —manifestó la señá Isabel endulzándose repentinamente—; pero bien te haces cargo de que perdemos el dinero; que el maragato [27] siguiendo así nos devolverá los barriles... Mira, allí tienes a Elisa pesando; ve allá, que más ganas tendrás de dar la lengua [28] con ella que conmigo.

José sonrió, y diciendo adiós se alejó unos cuantos pasos.

—Oye, José —le gritó la señá Isabel enviándole una sonrisa zalamera—. ¿Conque, al fin, a cómo me dejas eso?

—A como usted quiera; ya se lo he dicho.

—No, no; tú lo has de decidir.

—¿Le parece mucho a diez cuartos? —preguntó tímidamente.

—Bastante —respondió la vieja sin dejar la sonrisa aduladora—. Vamos, para no andar en más cuestiones, será a real, ¿te parece?

---

[26] Parte correspondiente a cada uno en algo poseído en común por varios.

[27] Natural de la comarca leonesa, en torno a Astorga, que vivió en aislamiento respecto de las regiones próximas durante muchos siglos. Se les ha supuesto un enclave de mozárabes o, por el contrario, beréberes. Durante el siglo XIX se encargaron del tráfico entre Madrid y la costa cantábrica, estableciendo también pescaderías en Madrid. Fue proverbial su honradez.

[28] Charlar.

José se encogió de hombros en señal de resignarse, y encaminó los pasos hacia una de las varias bodegas que con el pomposo nombre de fábricas rodeaban la plaza. A la puerta estaba una hermosa joven, alta, fresca, sonrosada, como la mayor parte de sus convecinas, aunque de facciones más finas y concertadas que el común de ellas. Vestía asimismo de modo semejante, pero con más aliño y cuidado; el pañuelo, atado a la espalda, no era de percal, sino de lana; los zapatos, de becerro fino; las medias, blancas y pulidas; tenía los brazos desnudos, y, cierto, eran de lo más primoroso y acabado en su orden. Estaba embebecida y atenta a la operación de pesar el bonito que en su presencia ejecutaban tres o cuatro mujeres ayudadas de un marinero; a veces ella misma tomaba parte sosteniendo el pescado entre las manos.

Cuando sintió los pasos de José levantó la cabeza y sus grandes ojos rasgados y negros sonrieron con dulzura.

—Hola, José; ¿ya has despachado?

—Nos falta arrastrar los barcos. ¿Trajeron todo el pescado?

—Sí, aquí está ya. Dime —continuó, acercándose a José—, ¿a cómo lo habéis puesto?

—A real y medio; pero a tu madre se lo he puesto a real.

El rostro de Elisa se enrojeció súbitamente.

—¿Te lo ha pedido ella?

—No.

—Sí, sí; no me lo niegues; la conozco bien...

—Vaya, no te pongas seria... Se lo he ofrecido yo a ese precio porque comprendo que no se puede ganar de otro modo...

—Sí gana, José; sí gana —repuso con acento triste la joven—. Lo que hay es que quiere ganar más... El dinero es todo para ella.

—Bah, no me arruinaré por eso.

—¡Pobre José! —exclamó ella después de una

pausa, poniéndole cariñosamente una mano sobre el hombro—; ¡qué bueno eres!… Por fortuna, pronto se concluirán estas miserias que me avergüenzan. ¿Cuándo piensas botar la lancha?

—Veremos si puede ser el día de San Juan.

—Entonces, ¿por qué no hablas ya con mi madre? El plazo que ha señalado ha sido ése: bueno fuera írselo recordando.

—¿Te parece que debo hacerlo?

—Claro está; el tiempo se pasa, y ella no se da por entendida.

—Pues la hablaré en seguida; así que arrastremos la lancha… si es que me atrevo —añadió un poco confuso.

—El que no se atreve, José, no pasa la mar —expresó la joven sonriendo.

—¿Hablaré a tu padrastro también?

—Lo mismo da; de todos modos, ha de ser lo que ella quiera.

—Hasta luego entonces.

—Hasta luego. Procura abreviar, para que no nos cojas cenando.

José se encaminó de nuevo a la ribera, donde ya los marineros comenzaban a poner la lancha en seco, con no poca pena y esfuerzo. El crepúsculo terminaba y daba comienzo la noche. Las mujeres y los chicos ayudaban a sus maridos y padres en aquella fatigosa tarea de todos los días. Oíanse los gritos sostenidos de los que empujaban para hacer simultáneo el esfuerzo; y entre las sombras, que comenzaban a espesarse, veíanse sus siluetas formando apretado grupo en torno de las embarcaciones: éstas subían con marcha interrumpida por la playa arriba haciendo crujir el guijo. Cuando las alejaron bastante del agua para tenerlas a salvo, fueron recogiendo los enseres de la pesca que habían dejado esparcidos por la ribera, y echando una última mirada al mar, inmóvil y oscuro, dejaron aquel sitio y se entraron poco a poco en el lugar.

José también enderezó los pasos hacia él cuando hubo dado las órdenes necesarias para el día siguiente. Siguió rápidamente la única calle, bastante clara a la sazón por el gran número de tabernas que estaban abiertas: de todas salía formidable rumor de voces y juramentos. Y sin hacer caso de los amigos que le llamaban a gritos invitándole a beber, llegó hasta muy cerca de la salida del pueblo y entró en una tienda cuya claridad rompía alegremente la oscuridad de la calle. En aquella tendezuela angosta y baja de techo como la cámara de un barco, se vendía de todo: bacalao, sombreros, cerillas, tocino, catecismos y coplas [29]. Ocupaban lugar preferente, no obstante, los instrumentos de pesca y demás enseres marítimos; tres o cuatro rollos grandes de cable yacían en el suelo sirviendo de taburetes; sartas de anzuelos colgaban de un remo atravesado de una pared a otra, y algunos botes de alquitrán a medio consumir, esparcían por la estancia un olor penetrante que mareaba a quien no estuviese avezado a sufrirlo. Pero la nariz de los tertulianos asiduos de la tienda no se daba por ofendida; quizá no advertía siquiera la presencia de tales pebeteros [30].

Sentada detrás de la tabla de pino que servía de mostrador estaba la señá Isabel. Su esposo, don Claudio, maestro de primeras letras (y últimas también, porque no había otras) de Rodillero, se mantenía en pie a un lado cortando gravemente en pedazos una barra de jabón. La luenga levita que usaba, adornada a la sazón por un par de manguitos [31] de percalina sujetos con cintas al brazo, y la rara erudición y florido lenguaje de

---

[29] Publicaciones, generalmente de cuatro u ocho páginas, con romances populares.

[30] Recipiente agujereado, en cuyo interior se queman sustancias aromáticas. Se usa aquí irónicamente.

[31] Medias mangas ue cubren el antebrazo, para proteger del roce al traje.

que a menudo hacía gala, no eran parte a desviarle de esta ocupación grosera; diez años hacía que estaba casado con la viuda del difunto Vega, tendero y fabricante de escabeche, y en todo este tiempo había sabido compartir noblemente, y sin daño, las altas tareas del magisterio con las menos gloriosas del comercio, prestando igual atención a Minerva y a Mercurio [32]. Tenía cincuenta años, poco más o menos, el color tirando a amarillo, la nariz abierta, el cabello escaso, los ojos salidos, con expresión inmutable de susto o sorpresa, cual si estuviese continuamente en presencia de alguna escena trágica visible sólo para él. Era de condición apacible y benigna, menos en la escuela, donde atormentaba a los chicos sin piedad, no por inclinación de su temperamento, sino por virtud de doctrinas arraigadas en el ánimo profundamente. Las disciplinas, la palmeta, los estirones de orejas y los coscorrones formaban para don Claudio parte integral del sistema de la ciencia, lo mismo que las letras y los números; todo ello estaba comprendido bajo el nombre genérico de *castigo*. Don Claudio pronunciaba siempre esta palabra con veneración; elevándose de golpe a las cimas de la metafísica, pensaba que el castigo no era un mal, sino uno de los dones más deleitables y sabrosos que el hombre debía a la providencia de Dios. En este supuesto, el que castigaba debía ser considerado como ángel tutelar, a semejanza del que restaña una herida. Procuraba rodear los castigos de aparato, a fin de obtener corrección y ejemplaridad; nunca los infligía con ímpetu y apresuradamente; primero se enteraba bien de la falta cometida, y después de pesarla en la balanza de la justicia, sentenciaba al reo y apuntaba la condena en un papel; el penado iba a juntarse en un rincón de la escuela

---

[32] Dioses, respectivamente, de la sabiduría y el comercio, en la mitología latina.

con otros galeotes [33], y allí esperaba con saludables espasmos de terror la hora fatal. Al terminarse las lecciones recorría don Claudio el boletín de castigos, y en vista de él comenzaba, por orden de antigüedad, a ejecutar los suplicios en presencia de toda la escuela. Una vez que daba remate a esta tarea, solía aplicar algunas palmaditas paternales en los rostros llorosos de los chicos vapuleados, diciéndoles cariñosamente:

—Vayan, hijos míos, a casa ahora, a casa. Algún día me agradeceréis estos azotes que os he dado.

En el lugar era bienquisto y se le recibía en todas partes con la benevolencia, no exenta de desdén, con que se mira siempre en este mundo a los seres inofensivos. Los vecinos todos sabían que don Claudio vivía en casa aherrojado, que su mujer «le tenía en un puño»: no sólo porque su condición humilde y apocada se prestase a ello, sino también porque en la sociedad conyugal él era el pobre y su mujer la rica. La riqueza de la señá Isabel, no obstante, era sólo temporal, porque procedía del difunto Vega; toda debía recaer a su tiempo en Elisa. Mas como ella la manejaba, y la había de manejar aún por mucho tiempo, pues Elisa sólo contaba doce años a la muerte de su padre, don Claudio pensó hacer una buena boda casándose con la viuda. Tal era, por lo menos, la opinión unánime del pueblo. Por eso no se compadecían como debieran sus sinsabores domésticos; antes solían decir las comadres del lugar en tono sarcástico: «¿No quería mujer rica?... Pues ya la tiene.»

---

[33] Antiguos condenados a remar en las galeras, encadenados a los bancos. Empleado aquí, humorísticamente, para designar a los escolares.

III

—Buena marea hoy, ¿eh, José?

—A última hora. Bien pensé no traer veinte libras a casa.

—¿Cuántas pesó el pescado?

—No lo sé... allá la señá Isabel.

Ésta, que debía de saberlo perfectamente, levantó, sin embargo, la vista hacia Elisa y preguntó:

—¿Cuántas, Elisa?

—Mil ciento cuarenta.

—Pues estando a real y medio, tú debes de levantar hoy muy cerca de veinte duros —manifestó el primer interlocutor, que era el juez de paz de Rodillero en persona.

Elisa, al oír estas palabras, se encendió de rubor otra vez. José bajó la cabeza algo confuso y dijo entre dientes:

—No tanto, no tanto.

La señá Isabel siguió impasible cosiendo.

—¿Cómo no tanto? —saltó don Claudio recalcando fuertemente las sílabas, según tenía por costumbre—. Me parece que aún se ha quedado corto el señor juez. Nada más fácil que justipreciar exactamente lo que te corresponde; es una operación sencillísima de aritmética elemental. Espera un poco —añadió dirigiéndose a un estante y sacando papel y pluma de ave.

La señá Isabel le clavó una mirada fría y aguda que le hubiera anonadado a no encontrarse en aquel instante de espaldas. Sacó del bolsillo un tintero de asta y lo destornilló con trabajo.

—Vamos a ver. Problema. Mil ciento cuarenta libras de bonito a real y medio la libra, ¿cuántos reales serán? Debemos multiplicar mil ciento cuarenta por uno y medio. Es la multiplicación de un entero por un mixto. Necesitamos reducir el mixto a quebrado... uno por dos es dos. Tenemos dos medios más un medio. Tienen el denominador común: sumemos los numeradores. Dos y uno, tres: tres medios. Multipliquemos ahora el entero por el quebrado: tres por cero es cero; tres por cuatro, doce, llevo uno...

—¿Quieres dejarnos en paz, querido? —interrumpió la señá Isabel, conteniendo a duras penas la cólera—. Estamos cansados de que lleves y traigas tantos quebrados y tantos mixtos para nada.

—Mujer..., ¿quieres que yo cuente por los dedos?... La ciencia...

—¡Bah, bah, bah!... Aquí no estás en la escuela: hazme el favor de callar.

Don Claudio hizo una mueca de resignación, volvió a atornillar el tintero, lo sepultó en el fondo de la levita y se puso de nuevo a partir jabón.

Después de una pausa, el juez municipal mitigó el desaire de don Claudio haciendo una apología acabada de la aritmética; para él no había más ciencias que las exactas. Pero don Claudio, aunque agradecido al socorro, se mostró contrario a las afirmaciones de la autoridad, y se entabló una disputa acerca del orden y dignidad de las ciencias.

El juez municipal de Rodillero era un capitán de Infantería, retirado hacía ya bastantes años: vivía o vegetaba en su pueblo natal con los escasos emolumentos que el Gobierno le pagaba tarde y de mal modo: una hermana, más vieja que él, cuidaba de su casa y hacienda; era hombre taciturno, caviloso y en grado sumo susceptible; gozaba fama de pundonoroso y justificado: se le achacaban como defectos la sobrada rigidez de carácter y el apego invencible a las propias opiniones.

A su lado estaba un caballero anciano, de nobles y correctas facciones, con grandes bigotes blancos y perilla prolongada hasta el medio del pecho; el cabello largo también y desgreñado, los ojos negros y ardientes, la mirada altiva y la sonrisa desdeñosa: su figura exigua y torcida no era digno pedestal para aquella hermosa cabeza; además, la levita sucia y raída que gastaba, los pantalones de paño burdo y los zapatos claveteados de labrador contribuían mucho a menoscabar su prestigio. Llamábase don Fernando de Meira, y pertenecía a una antigua y noble familia de Rodillero, totalmente arruinada hacía ya muchos años. Los hijos de esta familia se habían desparramado por el mundo en busca del necesario sustento; el único que permanecía pegado al viejo caserón solariego como una ostra era don Fernando, al cual su carrera de abogado no le había servido jamás para ganarse la vida, o por falta de aptitudes para ejercerla, o por el profundo desprecio que al noble vástago de la casa de Meira le inspiraba toda ocupación que no fuese la caza o la pesca. Vivía en una de las habitaciones menos derruidas de su casa, la cual se estaba viniendo abajo por diferentes sitios no hacía ya poco tiempo: servíanle de compañeros en ella los ratones, que escaramuzaban y batallaban libremente por todo su ámbito; las tímidas lagartijas, que anidaban en las grietas de las paredes, y una muchedumbre de murciélagos que volteaban por las noches con medroso rumor. Nadie le conocía renta o propiedad de donde se sustentase, y pasaba como artículo de fe en el pueblo que el anciano caballero veía el hambre de cerca en bastantes ocasiones.

Cuando más joven, salía de caza y acostumbraba a traer provisión abundante, pues era el más diestro cazador de la comarca; al faltarle las fuerzas consagróse enteramente a la pesca; los días en que la mar estaba bella salía el señor de

Meira en su bote al calamar, al chicharro, a la robaliza o a los muiles [34], según la estación y las circunstancias del agua; en este arte dio señales de ser tan avisado como en la caza; del pescado que le sobraba solía regalar a los particulares de Rodillero, porque don Fernando se hubiera dejado morir de hambre antes que vender un solo pez cogido por su mano; pero estos regalos engendraban en justa correspondencia otros, y merced a ellos, el caballero podía atender a las más apremiantes necesidades de su cocina, la leña, el aceite, los huevos, etc., y aun autorizarse en ocasiones algún exceso; él mismo se aderezaba los manjares que comía, y no con poca inteligencia, al decir de las gentes; se hablaba con mucho encomio de una caldereta [35] singular que el señor de Meira guisaba como ningún cocinero. Pero llegó un día en que el pueblo supo con sorpresa que el caballero había vendido su bote a un comerciante de Sarrió: la razón todos la adivinaron, por más que él la ocultó diciendo que lo había enajenado para comprar otro mejor. Desde entonces, en vez de salir al mar, pescaba desde la orilla con la caña, o lo que es igual, en vez de ir al encuentro de los peces, los esperaba pacientemente sentado sobre alguna peña solitaria. Cuando no venían, observaban los vecinos que no salía humo por la chimenea de la casa de Meira.

—Madre, ¿no arregla la cuenta a José?... Es ya hora de cenar —dijo Elisa a la señá Isabel.

—¿Tienes despierto el apetito? —respondió ésta, dibujándose en sus labios una sonrisa falsa—. Pues aguárdate, hija mía, que necesito concluir lo que tengo entre manos.

Desde que José había entrado en la tienda, Elisa no había dejado de hacerle señas con disimu-

---

[34] Molusco, el primero, y los demás, pescados propios de la costa cantábrica.

[35] Guiso de pescado con patata y cebolla, muy corriente entre los marineros.

lo, animándole a llamar aparte a su madre y decirle lo que tenían convenido. El marinero se mostraba tímido, vacilante, y manifestaba a su novia, también por señas, que aguardaba a que los tertulianos se fuesen. Ella replicaba que éstos no se irían sino cuando llegase el momento de cenar. José no acababa de decidirse. Finalmente, la joven, cansada de la indecisión de su novio, se arrojó a proponer a su madre lo que acabamos de oír, con el fin de que pasase a la trastienda y allí se entablase la conversación que apetecía. La respuesta de la señá Isabel los dejó tristes y pensativos.

Habían entrado en la tienda, después de nuestro José, otros tres o cuatro marineros, entre ellos Bernardo. La conversación rodaba, como casi siempre, sobre intereses; quién tenía más, quién tenía menos. Se habló de un potentado de la provincia, que acababa de adquirir en aquella comarca algunas tierras.

—¿Es muy rico ese señor conde? —preguntó un marinero.

Don Fernando extendió la mano solemnemente y dijo:

—Mi primo el conde de la Mata tiene cuatro mil fanegas [36] de renta por su madre en Piloña. De su padre le habrá quedado poco: el mayorazgo de los Velascos nunca fue muy grande, y lo ha mermado mucho mi tío.

—Las doscientas fanegas que ha comprado en Riofontán —dijo el juez— son lo mejor del concejo. En veintidós mil duros han sido baratas.

—Don Anacleto estaba necesitado de fondos; su hijo le ha gastado un capital en Madrid, según dicen —apuntó don Claudio.

—También a él le salieron baratas cuando las

---

[36] Medida de superficie que varía según las regiones. En algunas de ellas equivalía a 6.600 kilómetros cuadrados.

compró hace años —manifestó uno de los marineros.

—¿A quién se las compró? —preguntó otro.

Don Fernando extendió de nuevo la mano con igual majestad, diciendo:

—A mi primo el marqués de las Quintanas... Pero éste no tenía necesidad de dinero; las vendió para trasladar sus rentas a Andalucía.

—¿También ese señor es su primo? —dijo Bernardo, levantando la cabeza y haciendo una mueca cómica que hizo sonreír a los presentes.

Don Fernando le dirigió una mirada iracunda.

—Sí, señor, es mi primo... ¿Y qué hay con eso?...

—Nada, nada —manifestó Bernardo con sorna—; que me pareció demasiada primacía [37].

—Pues has de saber —exclamó don Fernando con exaltación— que mi casa es dos siglos más antigua que la suya. Cuando los Quintanas eran unos petates [38], unos hidalgüelos [39] de mala muerte en Andalucía, ya los señores de Meira levantaban pendón en Asturias y tenían fundada su colegiata y armada la horca en los terrenos que hoy son de Pepe Llanos. Un Quintanas vino de allá a pedir la mano de una dama de la casa de Meira, teniéndolo a mucho honor... En mi casa había entonces dotes cuantiosas para todas las hembras que se casaban... De mi casa salieron dotes para la casa de Miranda, para la de Peñalta, para la de Santa Cruz, para la de Guzmán...

—Vamos —dijo Bernardo sonriendo—, por eso se quedó usted tan pobre.

Los ojos de don Fernando centellearon de ira al escuchar estas malignas palabras.

—Oye, tú, cochino, zambombo [40], ¿te he pedido

[37] Juego burlón de palabras entre «prioridad» y «parentesco».

[38] De situación social y económica baja.

[39] Diminutivo despectivo, por alusión a la situación económica.

[40] Hombre tosco y torpe.

algo a ti? ¿Qué tienes que partir en mi riqueza ni en mi pobreza? Has de saber que tú y yo no hemos mamado la misma leche, grandísimo pendejo...

—Don Fernando, sosiéguese usted —dijo don Claudio—. La cólera es mala consejera.

—No le haga usted caso, don Fernando —manifestó la señá Isabel.

—Paz, paz, paz, señores —exclamó el juez municipal levantando las manos con autoridad.

Bernardo reía cazurramente [41], sin dársele nada, al parecer, de las injurias que le vomitaba el señor de Meira. Estas escenas eran frecuentes entre ambos: el festivo marinero gustaba de mortificarle y verle encolerizado; después se arrepentía de lo dicho, hacían las paces, y hasta otra. El anciano caballero no podía guardar rencor a nadie; sus cóleras eran como la espuma del vino.

—Madre, ya es hora de cenar —dijo Elisa aprovechando el silencio que siguió a la reyerta—. José tendrá ganas de irse.

La señá Isabel no contestó; su ojo avizor había descubierto, hacía ya rato largo, que don Fernando trataba de hablar reservadamente con su esposo. En el momento en que Elisa volvía a su tema, observó que el señor de Meira tiraba disimuladamente de la levita a don Claudio, marchándose después hacia la puerta como en ademán de investigar el tiempo: el maestro le siguió.

—Claudio —dijo la señá Isabel antes de que pudiesen entablar conversación—, alcánzame el paquete de los botones de nácar [42] que está empezado.

Don Claudio volvió sobre sus pasos; arrimóse

---

[41] Con astucia, que encubre la picardía con aparente humildad.

[42] Parte interior, blanca o irisada de la concha de algunos moluscos, muy usada antiguamente para confeccionar botones.

a la estantería y empinándose cuanto pudo, sacó los botones del último estante. En el momento de entregarlos, su esposa le dijo por lo bajo con acento perentorio:

—Sube.

El maestro abrió más sus grandes ojos saltones, sin comprender.

—Que te vayas de aquí —dijo su esposa tirándole de una manga con fuerza.

Don Claudio se apresuró a obedecer sin pedir explicaciones; salió por la puerta que daba al portal, y subió las escaleras de la casa.

—El señor de la casa de Meira necesita cuartos —dijo Bernardo al oído del marinero que tenía cerca—. ¿No has visto qué pronto lo ha olido la señá Isabel? ¡Si se descuida en echar fuera al maestro!...

El marinero sonrió, mirando al caballero, que seguía a la puerta en espera de don Claudio.

—Señores, ¿gustan ustedes de cenar? —dijo la señá Isabel levantándose de la silla.

Los tertulios [43] se levantaron también.

—José, tú subirás con nosotros, ¿verdad?

—Como usted quiera. Si mañana le viene mejor arreglar eso...

—Bien; si a ti te parece...

Elisa no pudo reprimir un gesto de disgusto, y dijo precipitadamente:

—Madre, mañana es mal día; ya lo sabe... tenemos que cerrar una porción de barriles, y luego la misa, que siempre enreda algo...

—No te apures tanto, mujer..., no te apures...; lo arreglaremos hoy todo —contestó la señá Isabel, clavando en su hija una mirada fría y escrutadora que la hizo turbarse.

Los tertulianos [44] se fueron, dando las buenas noches. La señá Isabel, después de atrancar la

---

[43] Reunión de personas que se hace habitualmente en un café o casa particular para conversar.
[44] Tertulios.

puerta, recogió el velón[45] y subió la escalera, seguida de Elisa y José.

La salita donde entraron era pequeña, al tenor de la tienda; gracias a los cuidados de Elisa, ofrecía grata disposición y apariencia, los muebles viejos, pero relucientes; un espejillo de marco dorado cubierto con gasa blanca para preservarlo de las moscas; sobre la mesa dos grandes caracoles de mar, y en medio de ellos, un barquichuelo de cristal toscamente labrado. Estos atributos marinos suelen adornar las salas de las casas decentes[46] de Rodillero. Colgaban de las paredes algunas malas estampas con marco negro, representando la conquista de Méjico, dando la preferencia a las escenas entre Hernán Cortés y doña Marina[47]; por bajo del espejo había algunas fotografías, con marco también, en que figuraba la señá Isabel y el difunto Vega poco después de haberse unido en lazo matrimonial; media docena de sillas y un sofá con funda de hilo, completaban el mobiliario.

Cuando entraron en la sala, don Claudio, que estaba asomado al corredor, se salió dejándoles el recinto libre. La señá Isabel pasó a la alcoba en busca del cuaderno sucio y descosido en donde llevaba las cuentas todas de su comercio; Elisa aprovechó aquel momento para decir rápidamente a su novio:

—No dejes de hablarle.

Hizo un signo afirmativo José, aunque dando a entender el miedo y la turbación que le producía aquel paso. La joven se salió también cuando su madre tornó a la sala.

---

[45] Lámpara de aceite, que tiene una o más mechas.
[46] Sin pobreza, pero sin lujo.
[47] Fueron populares las estampas románticas francesas con escenas de la conquista de Méjico, reproducidas litográficamente. Puede verse «La conquista de Méjico en los grabados románticos franceses», de José Tudela, en *Revista de Indias*, Madrid, 1949.

—El domingo, trescientas libras —dijo la señá Isabel, colocando el velón sobre la mesa y abriendo el cuaderno—, a real y cuartillo. El lunes, mil cuarenta, a real; el martes, dos mil doscientas, a medio real; el miércoles no habéis salido; el jueves, doscientas treinta y cinco, a dos reales; el viernes, nada; hoy, mil ciento cuarenta, a real y medio... ¿No es esto, José?

—Allá usted, señora; yo no llevo apunte.

—Voy a echar la cuenta.

La vieja comenzó a multiplicar, no se oía en la sala más que el crujido de la pluma. José esperaba el resultado de la operación dando vueltas a la boína que tenía en la mano. No el interés o el afán de saber cuánto dinero iba a recibir ocupaba en aquel instante su ánimo; todo él estaba embargado y perplejo ante la idea de tratar el negocio de su matrimonio; buscaba con anhelo manera hábil de entrar en materia, concluida que fuese la cuenta.

—Son cuatro mil setecientos tres reales y tres cuartillos —dijo la señá Isabel levantando la cabeza.

José calló en señal de asentimiento. Hubo una pausa.

—Hay que quitar de esto —manifestó la vieja bajando la voz y dulcificándola un poco— la rebaja por estar barato; el jueves, a real y medio, la lancha... El domingo me lo has puesto a real; el lunes, a tres cuartillos; el martes no hubo rebaja por estar barato; el jueves, a real y medio, y hoy, a real. ¿No es eso?

—Sí, señora.

—La cuenta es mala de echar... ¿Quieres que lo pongamos a siete cuartos, para evitar equivocaciones?... Me parece que pierdo en ello...

José consintió, sin pararse a pensar si ganaba o perdía. La vieja comenzó de nuevo a trazar números en el papel, y José a excogitar los medios de salir de aquel mal paso.

Terminó al fin la señá Isabel; aprobó José su propio despojo y recibió de mano de aquélla un puñado de oro[48] para repartir al día siguiente entre sus compañeros. Después que lo hubo encerrado en un bolsillo de cuero y colocado entre los pliegues de la faja, se puso otra vez a dar vueltas a la boína con las manos temblorosas. Había llegado el instante crítico de hablar. José nunca había sido un orador elocuente, pero en aquella sazón se sintió desposeído como nunca de las cualidades que lo constituyen. Un flujo de sangre le subió a la garganta y se la atascó; apenas acertaba a contestar con monosílabos a las preguntas que la señá Isabel le dirigía acerca de los sucesos de la pesca y de las esperanzas que cifraba para lo sucesivo; la vieja, después de haberle chupado la sangre, se esforzaba en mostrarse amable con él. Mas la conversación, a pesar de esto, fenecía, sin que el marinero lograse dar forma verbal a lo que pensaba. Y ya la señá Isabel se disponía a darla por terminada, levantándose de la silla, cuando Elisa abrió repentinamente la puerta y entró, con pretexto de recoger unas tijeras que le hacían falta; al salir, y a espaldas de su madre, le hizo un sin número de señas y muecas, encaminadas todas a exigirle el cumplimiento de su promesa; fueron tan imperativas y terminantes, que el pobre marinero, sacando fuerzas de flaqueza y haciendo un esfuerzo supremo, se atrevió a decir:

—Señá Isabel...

El ruido de su voz le asustó, y sorprendió también, por lo extraño, a la vieja.

—¿Qué decías, querido?

La mirada que acompañó a esta pregunta le

---

[48] En la época aún se usaban monedas de oro. Era la llamada pelucona, por la peluca del rey Carlos IV, cuya efigie llevaba. También onzas, por ser éste su peso aproximado. Pero puede estar empleado en términos generales, como sinónimo de dinero.

hizo bajar la cabeza; estuvo algunos instantes suspenso y acongojado: al cabo, sin levantar la vista y con la voz enronquecida, dijo:

—Señá Isabel, el día de San Juan pienso botar la lancha al agua...

Contra lo que esperaba, la vieja no le atajó con ninguna palabra. Siguió mirándole fijamente.

—No sé si recordará lo que en el invierno me ha dicho...

La señá Isabel permaneció muda.

—Yo no quisiera incomodarla...; pero como el tiempo se va pasando, y ya no hay mayormente ningún estorbo..., y después la gente le pregunta a uno para cuándo..., y tengo la casa apalabrada... Lo mejor sería despachar el negocio antes de que el invierno se eche encima...

Nada; la maestra no chistaba. José se iba turbando cada vez más: miraba al suelo con empeño, deseando quizá que se abriese.

La vieja se dignó al fin exclamar alegremente:

—¡Vaya un susto que me has dado, querido! Pensé al verte tan azorado que ibas a soltarme una mala noticia, y resulta que me hablas de lo que más gusto me puede dar.

El semblante del marinero se iluminó repentinamente.

—¡Qué alegría, señora! Tenía miedo...

—¿Por qué? ¿No sabes que yo lo deseo con tanto afán como tú?... José, tú eres un buen muchacho, trabajador, listo, nada vicioso. ¿Qué más puedo desear para mi hija? Desde que empezaste a cortejarla te he mirado con buenos ojos, porque estoy segura de que la harás feliz. Hasta ahora hice cuanto estaba en mi mano por vosotros y, Dios mediante, pienso seguir haciéndolo. En todo el día no os quito del pensamiento; no hago otra cosa que dar vueltas para ver de qué modo arreglamos pronto ese dichoso casorio... Pero los jóvenes sois muy impacientes y echáis a perder las cosas con vuestra precipitación... ¿Por qué tanta prisa? Lo mismo tú que Elisa sois bastante jóvenes, y aunque, gracias a Dios, tengáis lo bastante para vivir, mañana u otro día, si os vienen muchos hijos, acaso no podáis decir lo mismo... Tened un poco de paciencia: trabaja tú cuanto puedas para que nunca haya miedo al hambre, y lo demás ya vendrá.

El semblante de José se oscureció de nuevo.

—Mientras tanto —prosiguió la vieja—, pierde cuidado en lo que toca a Elisa: yo velaré porque su cariño no disminuya y sea siempre tan buena y hacendosa como hasta aquí... Vamos, no te pongas triste. No hay tiempo más alegre que el que se pasa de novio. Bota pronto la lancha al agua para aprovechar la costera del bonito. Cuando concluya, si ha sido buena, ya hablaremos.

Al decir esto se levantó: José hizo lo mismo, sin apartar los ojos del suelo; tan triste y abatido, que inspiraba lástima. La señá Isabel le dio algunas palmaditas cariñosas en el hombro, empujándole al mismo tiempo hacia la puerta.

—Ea, vamos a cenar, querido, que tú ya tendrás gana y nosotros también. Elisa —añadió alzando la voz—, alumbra a José, que se va. Vaya, buenas noches, hasta mañana...

—Que usted descanse, señora —respondió José con voz apagada.

Elisa bajó con él la escalera, y le abrió la puerta. Ambos se miraron tristemente.

—Tu madre no quiere —dijo él.

—Lo he oído todo.

Guardaron silencio un instante; él, de la parte de fuera, ella dentro del portal con el velón en una mano y apoyándose con la otra en el quicio de la puerta.

—Ayer —dijo la joven— había soñado con zapatos...; es de buen agüero: por eso tenía tanto empeño en que la hablases.

—Ya ves —replicó él sonriendo con melancolía— que no hay que fiar de sueños.

Después de otro instante de silencio, los dos extendieron las manos y se las estrecharon diciendo casi al mismo tiempo:

—Adiós, Elisa.

—Adiós, José.

IV

Cuando la pesca anda escasa por la costa de Vizcaya, suelen venir algunas lanchas de aquella tierra a pescar en aguas de Santander y de Asturias. Sus tripulantes eligen el puerto que más les place y pasan en él la costera del bonito, que dura, aproximadamente, desde junio a septiembre. Mientras permanecen a su abrigo, observan la misma vida que los marineros del país, salen juntos a la mar y tornan a la misma hora: la única diferencia es que los vizcaínos comen y duermen en sus lanchas, donde se aderezan toscamente una vivienda para la noche, protegiéndolas con toldos embreados y tapizándolas con alguna vela vieja que les permita acostarse, mientras los naturales se van tranquilamente a reposar a sus casas. Ni hay rivalidades ni desabrimientos entre ellos; los vizcaínos son de natural pacífico y bondadoso; los asturianos, más vivos de genio y más astutos, pero generosos y hospitalarios. Cuando navegan, se ayudan y se comunican cordialmente el resultado que obtienen: después que saltan en tierra, acuden juntos a las tabernas y departen amigablemente, apurando algunas copas de vino. Los vizcaínos son más sobrios que los asturianos; rara vez se embriagan: éstos, dados como los pueblos meridionales a la burla y al epigrama, los embroman por su virtud.

Uno de tales vizcaínos fue el padre de José. Cuando vino con otros un verano a la pesca, la madre era una hermosa joven, viuda, con dos hijas de corta edad, que se veía y deseaba para alimentarlas trabajando de tostadora en una bodega de escabeche. El padre de José trabó relaciones con ella, y la sedujo dándola palabra de casamiento. La bella Teresa esperó en vano por él: a los pocos meses supo que había contraído matrimonio con otra en su país, cuando ya José bullía en sus entrañas.

Teresa era de temperamento impetuoso y ardiente, apasionada en sus amores como en sus odios, pronta a enojarse por livianos motivos, desbocada y colérica: tenía el amor propio brutal de la gente ignorante, y le faltaba el contrapeso del buen sentido que ésta suele poseer; sus reyertas con las vecinas eran conocidas de todos; se había hecho temible por su lengua, tanto como por sus manos. Cuando la cólera la prendía, se metamorfoseaba en una furia; sus grandes ojos negros y hermosos adquirían expresión feroz y todas sus facciones se descomponían. Los habitantes de Rodillero, al oírla vociferar en la calle, sacudían la cabeza con disgusto, diciendo: «Ya está escandalizando esa loca de Ramón de la Puente» (así llamaban a su difunto marido).

La traición de su amante la hizo adolecer de rabia. Hubiera quedado satisfecha con tomar de él sangrienta venganza. Las pobres hijas pagaron durante una temporada el delito del seductor: no se dirigía a ellas sino con gritos que las aterraban; la más mínima falta les costaba crueles azotes: en todo el día no se oían más que golpes y lamentos en la oscura bodega donde la viuda habitaba.

Bajo tales auspicios salió nuestro José a la luz del día. Teresa no pudo ni quiso criarlo: entrególo a una aldeana que se avino a hacerlo mediante algunos reales, y siguió dedicada a las penosas tareas de su oficio. Cuando al cabo de dos años la nodriza se lo trajo, no supo qué hacer de él; dejólo entregado a sus hermanitas, que a su vez le abandonaban para irse a jugar: el pobre niño lloraba horas enteras tendido sobre la tierra apisonada de la bodega, sin recibir el consuelo de una caricia; cuando lo arrastraban consigo a la calle era para sentarlo en ella medio desnudo con riesgo de ser pisado por las bestias o atropellado por un carro. Si alguna vecina lo recogía por caridad, Teresa, al llegar a casa, en vez de agradecérselo, la apostrofaba «por meterse en la vida ajena».

Cuando José creció un poco, esta aversión se manifestó claramente en los malos tratos que le hizo padecer. Si había sido siempre fiera y terrible con sus hijas legítimas, cualquiera puede figurarse lo que sería con aquel niño, hijo de un hombre aborrecido, testimonio vivo de su flaqueza. José fue mártir en su infancia. No se pasaba día sin que por un motivo o por otro no sintiese los estragos de la mano maternal: cuando por inadvertencia ejecutaba la más leve falta, el pobre niño se echaba a temblar y corría a ocultarse en cualquier rincón del pueblo; mas no le valía: Teresa, encendida por la ira, con el palo de la escoba en la mano, iba por las calles en su busca, vomitando amenazas, desgreñada, como una furia, seguida por los chiquillos, que gustan siempre de presenciar los espectáculos trágicos, hasta que daba con él y lo traía arrastrando para casa. Si algún vecino de buen corazón, desde la puerta de su vivienda la recriminaba por tanta crueldad, ¡eran de oír los denuestos y los insultos que salían vibrantes y agudos de la boca de la viuda contra el imprudente censor!, el cual, corrido y avergonzado, la mayor parte de las veces se veía obligado a retirarse.

Asistió poco tiempo a la escuela, donde mostró una inteligencia viva y lúcida, que se apagó muy pronto con las rudas faenas de la pesca. A los doce años le metió su madre de *rapaz*[49] en una lancha, a fin de que, con el medio quiñón que le tocaba en el reparto, ayudase al sostenimiento de la casa. Halló el cambio favorable: pasar el día en la mar era preferible a pasarlo en la escuela recibiendo los palmetazos del maestro: el patrón rara vez le pegaba, los marineros le trataban casi como a un compañero; la mayor parte de los días se iba a la cama sin haber recibido ningún golpe: sólo a la hora de levantarse para salir a la mar acostumbraba su madre a despabilarle con algunos mojicones. Además, sentía orgullo en ganar el pan por sí mismo.

A los dieciséis años era un muchacho robusto, de facciones correctas, aunque algo desfiguradas por los rigores de la intemperie, tardo en sus movimientos como todos los marinos, que hablaba poco y sonreía tristemente, sujeto a la autoridad maternal, lo mismo que cuando tenía siete años. Mostró ser en la mar diligente y animoso, y ganó por esta razón primero que otros la soldada completa. A los diecinueve años, seducido por un capitán de barco, dejó la pesca y comenzó a navegar en una fragata que seguía la carrera de América. Gozó entonces de independencia completa, aunque voluntariamente remitía a su madre una parte del sueldo. Pero el apego a su pueblo, el recuerdo de sus compañeros de infancia, y por más que parezca raro, el amor a su familia, fueron poderosos a hacerle abandonar, al cabo de algunos años, la navegación de altura, y emprender nuevamente el oficio de pescador. Fue, no obstante, con mejor provisión y aparejo, pues en el tiempo que navegó consiguió juntar de sus pacotillas[50] algún dinero, y con él compró una lancha[51]. Desde entonces cambió bastante su suerte: el dueño de una

---

[49] En Asturias, muchacho. En al novela equivale a grumete.
[50] Mercancías de poco valor.
[51] Barca grande, de vela y remo.

lancha, en lugar tan pobre como Rodillero, juega papel principal; entre los marineros fue casi un personaje, uniéndose al respeto de la posición el aprecio a su valor y destreza. Comenzó a trabajar con mucha fortuna; en obra de dos años, como sus necesidades no eran grandes, ahorró lo bastante para construir otra lancha.

Por este tiempo fijó su atención en Elisa, que era hermosa entre las hermosas de Rodillero, buena, modesta, trabajadora y con fama de rica: si no la hubiera fijado, le hubieran obligado a ello las palabras de sus amigos y los consejos de las comadres del pueblo. «José, ¿por qué no cortejas a la hija de la maestra? No hay otra en Rodillero que más te convenga. —José, tú debías casarte con la hija de la maestra; es una chica como una plata[52], buena y callada; no seas tonto, dile algo. —La mejor pareja para ti, José, sería la hija de la maestra...» Tanto se lo repitieron, que al fin comenzó a mirarla con buenos ojos. Por su parte, ella escuchaba idénticas sugestiones respecto al marinero, dondequiera que iba. No se cansaban de encarecerle su gallarda presencia, su aplicación y conducta.

Pero José era tímido con exceso; en cuanto se sintió enamorado lo fue mucho más. Por largo tiempo, la única señal que dio del tierno sentimiento que Elisa le inspiraba fue seguirla tenazmente con la vista dondequiera que la hallaba, huyendo, no obstante, el tropezar con ella cara a cara. Lo cual no impidió que la joven se pusiera al tanto muy pronto de lo que en el alma del pescador acaecía. Y en justa correspondencia, comenzó a dirigirle con disimulo alguna de esas miradas como relámpagos con que las doncellas saben iluminar el corazón de los enamorados. José las sentía, las gozaba, pero no osaba dar un paso para acercarse a ella. Un día confesó a su amigo

[52] Muy limpia.

Bernardo sus ansias amorosas, y el vivo deseo que tenía de hablar con la hija de la maestra. Aquél se rió no poco de su timidez, y le instó fuertemente para que la venciese; mas por mucho que hizo, no consiguió nada.

El tiempo se pasaba y las cosas seguían en tal estado, con visible disgusto de la joven, que desconfiaba ya de verlas nunca en vías de arreglo. Bernardo, observando a su amigo cada día más triste y vergonzoso, determinó sacarle de apuros. Una tarde de romería paseaban ambos algo apartados de la gente por la pradera, cuando vieron llegar hacia ellos, también de paseo, a varias jóvenes: Elisa venía entre ellas. Sonrió maliciosamente el festivo marinero, halagado, por una idea que en aquel momento se le ocurrió; hizo algunas maniobras a fin de pasar muy cerca de las jóvenes, y cuando le fue posible, ¡zas!, da un fuerte empujón a su amigo, y le hace chocar con Elisa, diciendo al mismo tiempo: «Elisa, ahí tienes a José.» Después se alejó velozmente. José, confuso y ruborizado, quedó frente a frente de la hermosa joven, también ruborizada y confusa. «Buenas tardes», acertó al fin a decir: «Buenas tardes», respondió ella. Y fue cosa hecha.

El amor en los hombres reflexivos, callados y virtuosos, prende, casi siempre, con fortaleza. La pasión de José, primera y única de su vida, echó profundas raíces en poco tiempo: Elisa pagó cumplidamente su deuda de cariño; mostróse propicia la astuta maestra: los vecinos lo vieron con agrado; todo sonrió en un principio a los enamorados.

Mas he aquí que a la entrada misma del puerto, cuando ya el marinero tocaba su dicha con la mano, comienza el barco a hacer agua. Quedó aturdido y confuso; el corazón le decía que el obstáculo no era de poco momento, sino grave. Una tristeza grande, que semejaba desconsuelo, se apoderó de su ánimo al sentir detrás el golpe de la puerta de Elisa y quedar en las tinieblas de la calle. Cruzaron por su imaginación muchos presentimientos; el pecho se le oprimió, y sin haber corrido nada, se detuvo un instante a tomar aliento. Después, mientras caminaba, hizo esfuerzos vanos para apartar de sí la tristeza por medio de cuerdas reflexiones; nada estaba perdido todavía: la señá Isabel no había hecho más que aplazar la boda sin oponerse a ella; en último resultado, sin su anuencia se podía llevar a cabo.

Sumido en sus cavilaciones, no vio el bulto de una persona que venía por la calle hasta tropezar con ella.

—Buenas noches, don Fernando —dijo al reconocerlo.

—Hola, José; me alegro de encontrarte: tú me podrás decir cuál es el camino mejor para ir al Robledal..., mejor dicho, a la casa de don Eugenio Soliva.

—El mejor camino es el de Sarrió hasta Antromero, y allí tomar el de Nueva, pasando por delante de la iglesia. Es un poco más largo, pero ahora de noche hay peligro en ir por la playa... ¿Pero cómo hace usted un viaje tan largo a estas horas? Son cerca de dos leguas...

—Tengo negocios que ventilar con don Eugenio —dijo el señor de Meira con ademán misterioso.

Los labios del marinero se contrajeron con una leve sonrisa.

—Yo voy a entrar en la taberna a tomar algo. ¿Quiere acompañarme antes de seguir su viaje, don Fernando?

—Gracias, José; acepto el convite para darte una prueba más de mi estimación —respondió el señor de Meira, colocando su mano protectora sobre el hombro del marinero.

Ambos entraron en la taberna más próxima y se fueron a sentar en un rincón apartado: pidió José pan, queso y vino; comió y bebió el señor de Meira con singular apetito; el joven le mira-

4

ba con el rabillo del ojo y sonreía. Cuando terminaron, salieron otra vez a la calle, despidiéndose como buenos amigos. El pescador siguió un instante con la vista al caballero y murmuró:

—¡Pobre don Fernando! ¡tenía hambre!

La figura de éste se borró entre las sombras de la noche. Iba, como otras muchas veces, a pedir dinero a préstamo. En el pueblo todos tenían noticias de estas excursiones secretas por los pueblos comarcanos; a veces extendía sus correrías hasta los puntos más lejanos de la provincia, siempre de noche y con sigilo. Por desgracia, el' señor de Meira tornaba casi siempre como había ido, con los bolsillos vacíos; pero erguido siempre y con alientos para emprender otra campaña.

Prosiguió José su camino hacia casa, adonde llegó a los pocos instantes. Halló a su madre en la cocina y cerca de ella a sus dos hermanas. Al verlas se oscureció aún más su semblante. Estas hermanas, de más edad que él, estaban casadas hacía ya largo tiempo; una de ellas tenía seis hijos. Vivían cada cual en su casa; el marinero sabía por experiencia que siempre que se juntaban con su madre, de quien habían heredado el genio y la lengua, caía sobre él algún daño. Aquel conciliábulo a hora inusitada le pareció de muy mal agüero; y él, que todos los días arrostraba las iras del océano, se echó a temblar delante de aquellas tres mujeres reunidas a modo de tribunal. Antes de que la borrasca, que presentía, se desatase, trató de marchar a la cama, pretextando cansancio.

—¿No cenas, José? —le preguntó su madre.

—No tengo gana: he tomado algo en la taberna.

—Has hecho cuenta con la señá Isabel?

Esta pregunta era el primer trueno. José la escuchó con terror, contestando, no obstante, en tono indiferente:

—Ya la hemos hecho.

—¿Y cuánto te ha tocado de estas mareas? —volvió a preguntar la madre mientras revolvía el fuego afectando distracción.

El segundo trueno había estallado mucho más cerca.

—No lo sé —respondió José, fingiendo como antes indiferencia.

—¿No traes ahí el dinero?

—Sí señora, pero hasta mañana que haga cuenta con la compaña, no sé a punto fijo lo que me corresponde.

Hubo una pausa larga. El marinero, aunque tenía los ojos en el suelo, sentía sobre el rostro las miradas inquisitoriales de sus hermanas, que hasta entonces no habían abierto la boca. Su madre seguía revolviendo el fuego.

—¿Y a cómo le has puesto el bonito hoy? —dijo al fin ésta.

—¿A cómo se lo había de poner, madre..., no lo sabe? —contestó José titubeando.

—No; no lo sé —replicó Teresa dejando el hierro sobre el hogar y levantando con resolución la cabeza.

El marinero bajó la suya y balbució más que dijo:

—Al precio corriente..., a real y medio...

—¡Mientes!, ¡mientes! —gritó ella con furor avanzando un paso y clavándole sus ojos llameantes.

—¡Mientes!, ¡mientes! —dijeron casi al mismo tiempo sus hermanas.

José guardó silencio sin osar disculparse.

—¡Lo sabemos todo!..., ¡todo! —prosiguió Teresa en el mismo tono—. Sabemos que me has estado engañando miserablemente desde que comenzó la costera, gran tuno; que estás regalando el bonito a esa bribona, mientras tu madre está trabajando como una perra, después de haber sudado toda su vida para mantenerte...

—Si trabaja es porque quiere; bien lo sabe —dijo el marinero humildemente.

—¡Y todo por quién! —siguió Teresa sin querer escuchar la advertencia de su hijo.— Por esa sinvergüenza que se ríe de ti, que te roba el sudor echándote de cebo a su hija, para darte a la postre con la puerta en los hocicos...

Estas palabras hirieron a José en lo más vivo del alma.

—Madre —exclamó con emoción—, no sé por qué ha tomado tanta ojeriza a Elisa y a su madre. Aunque me case, por eso no la abandono. La lancha que ahora tengo queda para usted..., y si más le hace falta, más tendrá...

—¿Pero tú crees casarte, inocente? —dijo una de las hermanas sonriendo sarcásticamente.

—Nada tenéis que partir vosotras en este negocio —replicó el marinero volviéndose airado hacia ella.

—Tiene razón tu hermana, ¡tonto!, ¡tonto! —vociferó de nuevo la madre—. ¿No ves que estás sirviendo de hazmerreír al pueblo? ¿No ves que esa bruja te está engañando como a un chino para chuparte la sangre?

El pobre José, hostigado de tan cruel manera, no pudo guardar más tiempo la actitud humilde que tenía frente a su madre, y replicó alzando la cabeza con dignidad:

—Soy dueño de dar lo que es mío a quien me parezca. Usted, madre, no tiene razón ninguna para quejarse... Hasta ahora lo que he ganado ha sido de usted...

—¿Y me lo echas en cara, pícaro? —gritó aquélla cada vez más furiosa—. ¡No me faltaba ya más que eso!... Después de haber pasado tantos trabajos para criarte; después de quemarme la cara al pie de las calderas [53], y andar arrastrada

---

[53] Grandes recipientes de metal donde se cocía el pescado para hacer el escabeche.

de día y de noche par llevarte a ti y a tus hermanas un pedazo de pan, ¿me insultas de ese modo?...

Aquí Teresa se dejó caer sobre una silla y comenzó a sollozar fuertemente.

—¡Quiero morir antes de verme insultada por mi hijo! —siguió diciendo entre gemidos y lágrimas—. ¡Dejadme morir!... ¡Para qué estoy en el mundo si el único hijo que tengo me echa en cara el pan que como!...

Y a este tenor prosiguió desatándose en quejas y lamentos, sacudiendo la cabeza con desesperación y alzando las manos al cielo.

Las hijas acudieron solícitas a consolarla. José, asustado del efecto de sus palabras, no sabía qué hacer; ni tuvo ánimo para contestar a sus hermanas, que mientras cuidaban de su madre se volvían hacia él apostrofándole:

—¡Anda tú, mal hijo! ¡Vergüenza había de darte! ¿Quieres matar a tu madre, verdad? Algún día te ha de castigar Dios...

Aguantó el chubasco [54] con resignación, y cuando vio a su madre un poco más sosegada, se retiró silenciosamente a su cuarto. Llevaba el corazón tan oprimido, que no pudo en largo espacio conciliar el sueño.

V

Con la llegada del nuevo día mitigóse su pesar. Y entendió claramente que no había motivo para tanto apesadumbrarse. El obstáculo que de noche le había parecido insuperable, a la luz del sol lo juzgó liviano; crecieron sus ánimos para

---

[54] Lluvia de poca duración, generalmente violenta. En marina, nubarrón que aparece repentinamente. Figuradamente, como aquí, regañina.

vencerlo, y la esperanza volvió a inundar su corazón.

Y en efecto, los acontecimientos pareció que justificaban este salto repentino de la tristeza a la alegría. En los días siguientes halló a la señá Isabel más amable que nunca, favoreciendo con empeño sus amores, dándole a entender con obras, ya que no de palabra, que sería, más tarde o más temprano, el marido de Elisa. Ésta cobró también confianza y se puso a hacer cuentas galanas para lo porvenir, esperando vencer la resistencia de su madre y abreviar el plazo del casamiento.

Por otra parte, la fortuna siguió sonriendo a José. El día de San Juan, según tenía pensado, botó al agua la nueva lancha, la cual comenzó a brincar suelta y ligera sobre las olas, prometiéndole muchos y muy buenos días de pesca: vino el cura a bendecirla, y hubo después en la taberna el indispensable jolgorio entre la gente llamada a tripularla. Encargóse el mismo José del mando de ella, dejando la vieja a otro patrón. Desde el día siguiente principió a hacerla trabajar en la pesca de bonito. Ésta fue abundante, como pocas veces se había visto; tanto, que nuestro marinero, a pesar de las sangrías[55] que la señá Isabel le hacía en cada saldo de cuentas, iba en camino de hacerse rico.

¡Qué verano tan dichoso aquél! Elisa, a fuerza de instancias, consiguió arrancar a su madre el permiso para casarse al terminar la costera, o sea, en el mes de octubre. Y dormidos inocentemente sobre esta promesa, los amantes gozaron de la dulce perspectiva de su próxima unión; entraron en esa época de la vida, risueña como

---

[55] Sisas o hurtos. Recordamos en *Lazarillo de Tormes:* «Achacaron a mi padre ciertas sangrías mal hechas en los costales de los que allí a moler venían...» Pág. 92 de la edición de Alberto Blecua, Madrid, Clásicos Castalia, 1974.

ninguna, en que el cielo sólo ofrece sonrisas y la tierra flores a los enamorados. El trabajo era para ambos un manantial riquísimo de placeres; cada bonito que prendía en los anzuelos de José y entraba saltando en su lancha, parecía un heraldo que le anunciaba su boda: cuando tornaba a casa con doscientas piezas bullendo sobre los paneles [56], pensaba que aquel día había dado un gran paso hacia Elisa. Ésta, dentro de la fábrica, no se daba tampoco punto de reposo; todo el día ocupada en vigilar las operaciones de pesar, cortar, salar, tostar y empaquetar el pescado. Al llegar la noche ya no podía tenerse en pie; pero se dejaba caer en el lecho con la sonrisa en los labios, diciendo para sí «Es necesario trabajar de firme; mañana tendremos hijos...» La hora más feliz para Elisa era la que precedía a la cena; entonces llegaba José a la tienda y se formaba una sabrosa tertulia, que les consentía acercarse uno a otro y cambiar frecuentes palabras y miradas. Rara vez se decían amores: no había necesidad. Para los que aman mucho, cualquier conversación va empapada de amor. De esta hora, los minutos más dichosos eran aquellos en que se despedían; ella con el velón en la mano, como la hemos visto la noche en que la conocimos; él de la parte de fuera, apoyado en el marco de la puerta; en estos momentos solían cambiar con labio trémulo algo de lo que llenaba por entero sus corazones, hasta que la voz de la señá Isabel, llamando a su hija, rompía tristemente el encanto.

Aun por el día gozaba la hermosa doncella de otra hora feliz: era la de la siesta. Cuando su madre, después de comer, se acostaba un poco sobre la cama, acostumbraba Elisa salirse de casa y subir a uno de los montes que rodean el pueblo a disfrutar de la vista y del fresco de la mar.

---

[56] Cestas planas.

A esta hora, en los días de julio y agosto, el calor era sofocante en Rodillero. La brisa del océano no penetraba más que en las primeras revueltas, dejando la mayor parte del lugar asfixiada entre las montañas laterales. La joven ascendía lentamente por un ancho sendero abierto entre los pinos, hasta la capilla de San Esteban, colocada en la cima del monte, y se sentaba a la sombra. Desde aquel punto se oteaba una gran extensión de mar, sobre el cual irradiaba el sol de fuego: el cielo mostraba un azul oscuro por la parte de tierra; por la del mar, más claro, transformándose en color gris al cerrar el horizonte. Algunas nubes blancas e hinchadas se amontonaban por la parte de Levante, sobre el pico de Peñas, el más saliente de la costa cantábrica: éste y los demás cabos lejanos se mostraban apenas entre la faja gris del horizonte, mientras el de San Antonio, más cercano, detrás del cual estaba la baría de Sarrió, recibiendo de lleno los rayos del sol, ofrecía grato color de naranja. Los ojos de Elisa iban presurosos a buscar en las profundidades del mar las lanchas pescadoras que acostumbraban a mantenerse frente a la boca de Rodillero, a larga distancia, borrándose casi entre la tenue ceniza suspendida sobre el horizonte. Contaba con afán aquellos puntos blancos, se esforzaba con ilusión en averiguar cuál de ellos sería la lancha de su novio. —«Aquella que va un poco apartada a la izquierda, aquélla debe de ser; se conoce porque la vela es más blanca; ¡como que es nueva! Además, a él le gusta siempre ir un poco separado y campar por sus respetos... No hay quien huela el pescado como él.»— Y mecida por esta ilusión, seguía con anhelo las maniobras de aquella lancha, que ora se alejaba hasta perderse de vista, bien se acercaba. A veces advertía que tomaban todas el camino del puerto: entonces torcía el gesto, exclamando: —«¡Malo! Malo! Hoy no hay mucho bonito.»—

Pero en el fondo de su alma luchaba el gozo con la tristeza, porque de este modo iba a ver antes a su amante. Aguardaba todavía un rato hasta verlas salir poco a poco del vapor ceniciento que las envolvía, y entrar en la región luminosa. Parecían con sus velas apuntadas, blancos fantasmas resbalando suavemente sobre el agua. Y cual si obedeciesen a un signo hecho por mano invisible, todas se iban acercando entre sí y formaban al poco tiempo una diminuta escuadra. Cuando ya las veía próximas se bajaba al pueblo a toda prisa; a nadie daba cuenta, ni aun al mismo José, de aquellos instantes de dicha que en la soledad del monte de San Esteban gozaba.

El tiempo se iba deslizando, no tan veloz como nuestros enamorados deseaban, pero sí mucho más de lo que a la señá Isabel convenía. Ésta no podía pensar en el matrimonio de Elisa sin sentir movimientos de terror y de ira, pues al realizarse era forzoso dejar la fábrica y otros bienes de su difunto esposo en poder del de su hija. Y aunque estaba resuelta en cualquier caso a oponerse con todas sus fuerzas a esta boda, todavía le disgustaba mucho el verse obligada a poner de manifiesto su oposición, temiendo que el amor guiase a Elisa a algún acto de rebeldía. Por eso su cabeza, rellena de maldades, no se cansaba de trabajar arbitrando recursos para deshacer aquel lazo y volver sobre la promesa que le habían arrancado. Al fin pensó hallar uno seguro, mediante cierta infame maquinación que el demonio, sin duda, le sugirió, estando desvelada en la cama.

Había en el pueblo un mozo reputado entre la gente por tonto o mentecato, hijo del sacristán de la parroquia; contaba ya veinte años bien cumplidos y no conocía las letras, ni se ocupaba en otra cosa que en tocar las campanas de la iglesia (por cierto con arte magistral) y en discurrir solitario por las orillas de la mar, extrayendo de los huecos de las peñas lapas, cangrejos, bígaros y pulpos, en cuyas operaciones era también maestro. Mofábanse de él los muchachos, y le corrían a menudo por la calle con grita intolerable; lo que más le vejaba al pobre Rufo (tal era su nombre) era el oír que su casa se estaba cayendo; bastaba esto para que los chicuelos le dieran en lo vivo sin cansarse jamás: dondequiera que iba, oía una voz infantil que de lejos o de cerca, ordinariamente de lejos, le gritaba: —«Cayó, Rufo, cayó.»— Enojábase el infeliz al escucharlo, como si fuese una injuria sangrienta; llameaban sus ojos y echaba espuma por la boca, y en esta disposición corría como una fiera detrás del chicuelo, que tenía buen cuidado de poner al instante tierra por medio, cuanta más, mejor; alguna vez el exceso de la ira le había hecho dar sin sentido en el suelo. Los vecinos le compadecían, y no dejaban de reprender ásperamente a los muchachos su crueldad, cuando presenciaban tales escenas.

Sabíase en el pueblo que Rufo alimentaba en su pecho una pasión viva y ardiente hacia la hija de la maestra; esto servía también de pretexto para embromarlo, si bien eran hombres ya los que se placían en ello. Al pasar por delante de un grupo de marineros, le llamaban casi siempre para darle alguna noticia referente a Elisa: una vez le decían que ésta se había casado por la mañana, lo cual dejaba yerto y acongojado al pobre tonto; otro día le aconsejaban que fuese a pedir su mano a la señá Isabel, porque sabían de buena tinta que la niña estaba enamorada de él en secreto, o bien que la robase, si la maestra no consentía en hacerlos felices. También mezclaban el nombre de José en estas bromas. Decían pestes de él, llamándole feo, intrigante y mal pescador, lo cual hacía reír y hasta dar saltos de alegría al idiota, y poniéndole en parangón con él, aseguraban muy serios que Rufo era incomparablemente más gallardo, y que si no pescaba tanto, en cambio tocaba mejor las campanas. De esta suerte, al compás que iba creciendo en el pecho del tonto la afición a Elisa, iba aumentando también el odio hacia José, a quien consideraba como su enemigo mortal, hasta el punto de que no tropezaba jamás con él sin que dejase de echarle miradas iracundas y murmurase palabras injuriosas, de las cuales, como era natural, se reía el afortunado marinero.

Elisa se reía también de este amor, que lisonjeaba, no obstante, su vanidad de mujer. Porque la admiración es bien recibida, aunque venga de los tontos. Cuando encontraba a Rufo por la calle le ponía semblante halagüeño y le hablaba en el tono protector y cariñoso que se dispensa a los niños: gozaba con las muecas y carocas [57] de perro fiel en que se deshacía el tonto al verla: le prometía formalmente casarse con él, siempre que obedeciese a su padre y no pegase a los chicos. Rufo preguntaba con expresión de anhelo: ¿Para cuándo? Amigo, no lo sé —respondía ella—, pregúntale al Santo Cristo, a ver lo que te dice.— Y el pobre se pasaba horas enteras de rodillas en la iglesia, preguntando al célebre Cristo de Rodillero cuándo sería su boda, sin obtener contestación. —Es que todavía no quiere que nos casemos le decía Elisa— ten paciencia y sé bueno, que ya se ablandará.

La señá Isabel imaginó utilizar la pasión de este mentecato para romper, o por lo menos aplazar, la unión de su hija con José. Un día salió paseando por las orillas de la mar, donde sabía que se hallaba a caza de cangrejos, y se hizo con él encontradiza.

—¿Qué tal, Rufo, caen muchos?

El tonto levantó la cabeza, y al ver a la madre de Elisa, sonrió.

---

[57] Saltos y zalamerías de alegría.

—Marea muerta, coge poco —respondió en el lenguaje incompleto y particular que usaba.

—Vaya, vaya, no son tan pocos —replicó la señá Isabel acercándose más y echando una mirada al cestillo donde tenía la pesca—. Buena fortuna tiene contigo tu padre; todos los días le llevas a casa un cesto de cangrejos.

—Padre no gusta cangrejos...; tira todos a la calle... y pega a Rufo con un palo...

—¿Te pega porque coges cangrejos?

—Sí señá Isabel.

—Pues no tiene gusto tu padre; los cangrejos son muy ricos. Mira, cuando tu padre no los quiera, me los llevas a mí. A Elisa le gustan mucho.

El rostro flaco y taciturno del idiota se animó repentinamente al escuchar el nombre de Elisa.

—¿Gusta Elisa cangrejos?

—Mucho.

—Todos, Elisa; todos, Elisa —dijo con énfasis, extendiendo las manos y señalando la orilla de la mar.

—Gracias, Rufo, gracias. Tú quieres mucho a Elisa, ¿verdad?

—Sí, señá Isabel, yo quiero mucho Elisa.

—¿Te casarías con ella de buena gana?

El rostro del tonto se contrajo extremadamente por una sonrisa; quedó confuso y avergonzado mirando a la señá Isabel sin atreverse a contestar.

—Vamos, di, ¿no te casarías?

—Usted no quiere —dijo al fin tímidamente.

—¿Yo no quiero? ¿Quién te ha dicho eso?

—Usted quiere José.

—¡Bah! Si José fuese pobre no le querría. Tú me gustas más; eres más guapo, y no hay en Rodillero quien toque como tú las campanas.

—José no sabe —dijo el idiota con acento triunfal, manifestando una gran alegría.

—¡Qué ha de saber! José no sabe más que pescar bonito y merluza...

—Y besugo —apuntó Rufo, pasando súbito del gozo a la tristeza.

—Bueno; besugo también; ¿y qué? En cambio tú pescas cangrejos y pulpos... y lapas... y bígaros... y erizos... y ostras... Además, tú pescas solo, sin ayuda de nadie, mientras José necesita que le ayuden los amigos. ¿Quieres decirme lo que pescaría José si no tuviese una lancha?

—Tiene dos —volvió a apuntar tristemente Rufo.

—Bien; pero la vieja ya vale poco... ¡Si no fuese por la nueva! no le daría yo a Elisa, ¿sabes tú?...

Los ojos zarcos y apagados del idiota brillaron un instante con expresión de ira.

—Yo echo pique lancha nueva —exclamó dando con las tenazas que tenía en la mano sobre la peña.

—Porque José tiene obligaciones a que atender —siguió la vieja como si no hubiese oído estas palabras—. Necesita alimentar a su madre, que pronto dejará de trabajar, mientras que tú eres libre: tu padre gana bastante para mantenerse; además, tienes un hermano rico en La Habana...

—Tiene reloj —dijo Rufo interrumpiéndola.

—Sí, ya lo sé.

—Y cadena de oro que cuelga, señá Isabel.

—Ya sé, ya sé; tú también la tendrías si te casases con mi hija. Serías amo de la fábrica, y ganarías mucho dinero... y comprarías un caballo para ir a las romerías con Elisa; ella delante y tú detrás, como va el señor cura de Arnedo con el ama... Y tendrías botas de montar, como el hijo de don Casimiro.

La vieja fue desenvolviendo un cuadro de dicha inocente sin olvidar ningún pormenor, por sandio [58] que fuese, que pudiese halagar al tonto. Éste la escuchaba embebecido y suspenso, sonriendo beatíficamente, como si tuviese delante una visión celestial. Cuando terminó la señá Isabel su descripción, hubo un rato de silencio; al fin volvió a decir, sacudiendo la cabeza con pesar:

—¡Si no fuese por José! —Y se quedó mirando reflexivamente al mar.

Rufo se estremeció como si le hubiesen pinchado; puso el semblante hosco, y miró también fijamente al horizonte.

—Vaya, Rufo, me voy hacia casa, que ya me estará esperando Elisa; hasta la vista.

—Adiós —dijo el tonto, sin volver siquiera la cabeza.

La señá Isabel se alejó lentamente. Cuando estuvo ya a larga distancia, se volvió para mirarle. Seguía inmóvil, con los ojos clavados en el mar, como le había dejado.

VI

Acaeció como todos los años, que el número harto considerable de lanchas vizcaínas ocasionó, al fin de la costera del bonito, algún malestar en Rodillero. Eran tantas las embarcaciones que se juntaban por las tardes en la ribera, que los pescadores no podían botarlas [59] todas a tierra; por muy arriba que subiesen las primeras que llegaban de la mar, las últimas no tenían ya sitio, y se veían precisados sus dueños a dejarlas en los dominios de la marea, amarradas a las otras. Esto causaba algunos disgustos y desazo-

---

[58] Bobo, anormal.
[59] Dirigir el barco hacia la costa.

110

nes; se murmuraba bastante, y se dirigían de vez en cuando vivas reclamaciones al cabo de mar; pero éste no podía impedir que los vizcaínos continuasen en el puerto, mientras la comandancia de Sarrió no ordenase su partida. Las reyertas, sin embargo, no eran tantas ni tan ásperas como pudiera esperarse, debido al temperamento pacífico, lo mismo de los naturales que de los forasteros.

Mientras el tiempo fue propicio (y lo es casi siempre allí en los meses de junio, julio y agosto), todo marchó bastante bien; mas al llegar setiembre creció la discordia y la murmuración, con el peligro de las embarcaciones que quedaban a flote. Aunque el cielo se muestre sereno en este mes y el viento no sople recio, a menudo se levanta marejada, la cual procede de temporales que se forman en otras regiones apartadas. Estas mares gruesas que reinan en aquella costa gran parte del otoño, inquietaban a los armadores, temiendo que la hora menos pensada rompiesen las amarras de los barcos y diesen con ellos al través. No había más que bajar por la noche a la ribera para convencerse de que tales temores eran fundados. La mar hacía bailar las lanchas; embestían unas con otras duramente, y rechinaban cual si se quejasen de los testarazos, produciendo en el silencio y la oscuridad rumor semejante al de una muchedumbre agitada; parecía en ocasiones plática sabrosa que unas con otras tenían entablada acerca de los varios lances de su vida azarosa; otras veces, disputa acalorada, donde todas a la vez querían mezclarse y dar su opinión; otras, grave y encendida pelea, en que algunas iban a perecer deshechas.

Un suceso desdichado vino al fin a dar la razón a los que más levantiscos andaban y con más afán pedían la salida de los vizcaínos. En cierta noche oscura, aunque serena, del citado mes, la conversación de las lanchas empezó a ser muy animada desde las primeras horas. Pronto degeneró en disputa, que por momentos se fue acalorando. A la una de la madrugada estalló una verdadera y descomunal batalla entre ellas, como nunca antes se había visto. Los vizcaínos, que dormían a bordo, se vieron necesitados a ponerse en pie a toda prisa y a maniobrar oportunamente para no padecer avería; más de una hora trabajaron esforzadamente impidiendo la ruina de muchas lanchas, tanto suyas como de Rodillero, y la deserción de otras, pues las sacudidas eran terribles, y había peligro de que los cabos se quebrasen. Al fin redobló de tal modo la furia de la marejada, que, juzgándose impotentes para evitar una catástrofe, corrieron por el pueblo dando la voz de alarma. Acudieron al instante la mayor parte de los hombres y bastantes mujeres; cuando llegaron, algunos barcos se habían abierto ya a poder de las repetidas embestidas. Un vizcaíno llamó con violencia a la puerta de José:

—José, levanta en seguida; tienes perdida lancha.

El marinero se alzó despavorido de la cama, se metió los pantalones y la chaqueta apresuradamente, y corrió descalzo y sin nada en la cabeza a la ribera. Antes de llegar, con mucho, su oído delicado percibió entre el estruendo de las olas un ruido seco de malísimo agüero. El espectáculo que confusamente se ofreció a su vista le dejó suspenso.

La mar estaba picada de veras. El trajín de las lanchas que habían quedado a flote era vertiginoso. Las embestidas menudeaban. Entre el rumor estruendoso de las olas escuchábase más claramente aquel ruido seco semejante al crujido de huesos. Uníanse a este formidable rumor las voces de los hombres, cuyas siluetas se agitaban también vivamente entre las sombras, acudiendo a salvar sus barcos: increpábanse mutua-

112

mente por no evitar el choque de las lanchas; pedían cabos para sujetarlas; procuraban a toda costa apartarlas y dejarlas aisladas; gritaban las mujeres temiendo más por la vida de los suyos que por la ruina de los barcos; respondían los hombres a sus llamamientos con terribles interjecciones: todo ello formaba un ruido infernal que infundía tristeza y pavor. La oscuridad no era tanta que no consintiese distinguir los bultos; muchos habían traído farolillos, que cruzaban velozmente de un lado a otro como estrellas filantes [60].

Repuesto José de la sorpresa, corrió al sitio donde había quedado su lancha nueva, que era la que estaba en peligro, pues la vieja se encontraba en seco. Su temor, sin embargo, no era grande, porque había tenido la fortuna de llegar a tiempo para anclarla detrás de una peña que avanzaba por el mar formando un muelle natural. Saltó en la embarcación más próxima a la orilla y de una en otra fue pasando hasta el sitio donde la había dejado; pero al llegar se halló con que había desaparecido. En vano la buscó con los ojos por la vecindad; en vano preguntó a sus compañeros. Nadie daba cuenta de ella. Por fin, uno que llevaba farol le gritó desde tierra:

—José, yo he visto hace rato escapar una lancha; no sé si sería la tuya.

El pobre José recibió un golpe en el corazón. No podía ser otra, porque las demás estaban allí.

—Si es la tuya, no pudo ir muy lejos —le dijo el marinero que estaba a su lado—. El poco viento que hay es forano; la mar la habrá echado en seguida a tierra.

Estas palabras fueron dichas con ánimo de dar-

---

[60] Estrellas fugaces, meteoritos cuerpos celestes que al caer en la atmósfera de la tierra semejan una estrella en movimiento.

le algún consuelo, y nada más: bien sabía el que
las pronunció que con la resaca de aquella noche tanto montaba ser arrastrada por la mar
como echada a tierra.

Sin embargo, José concibió esperanzas.

—¡Gaspar, dame el farol! —gritó al de tierra.

—¿Dónde vas?

—Por la orilla adelante, a ver si la encuentro.

El marinero que le había consolado, movido
de lástima, le dijo:

—Yo te acompaño, José.

El del farol dijo lo mismo. Y los tres juntos
dejaron apresuradamente la ribera de Rodillero
y siguieron al borde de la mar, registrando es-
crupulosamente todos los parajes donde pensa-
ban en que la lancha pudiera quedar varada. Después de caminar cerca de una milla entre peñas,
salieron a una vasta playa de arena; allí era donde José tenía cifrada principalmente su esperanza: Si la lancha hubiese varado en ella, estaba
salvada. Mas después de recorrerla toda despacio, nada vieron.

—Me parece que es inútil ir más adelante, José
—dijo Gaspar—; el camino de las peñas debe de
estar ya tomado por la mar; está subiendo todavía...

José insistió en seguir. Tenía esperanza de hallar su lancha en la pequeña ensenada de los Ángeles. Pero la ribera estaba, en efecto, invadida
por el agua, y por mucho que se arrimaban a la
montaña, todavía los golpes de mar les salpica-
ban. Uno de éstos, al fin, bañó completamente a
José y le apagó el farol. Entonces los marineros
se negaron resueltamente a dar un paso más;
nadie traía cerillas para encenderlo de nuevo;
caminar sin luz era expuesto a romperse la cabeza, o por lo menos una pierna, entre las peñas.
José les invitó a volverse, pero negándose a se-
guirlos.

Quedó solo y a oscuras entre la montaña que

114

se alzaba a pico sobre su cabeza, y la mar hirviente y furiosa, cuyas olas, al llegar a tierra, semejaban enormes y oscuras fauces que quisieran tragarlo. Mas a nuestro marinero no le arredraban las olas ni la oscuridad. Saltando de peña en peña y aprovechando los instantes de calma para salvar los pasos difíciles, consiguió llegar, ya bastante tarde, a la bahía de los Ángeles. Tampoco allí vio nada, por más que se entretuvo buen espacio a reconocer una por una las peñas todas que la cerraban. Rendido, al fin, y maltrecho, con los pies abiertos, empapado y transido, dio la vuelta para casa.

Cuando llegó a la gran playa cercana a Rodillero ya había amanecido. El sol brillaba sobre el horizonte y comenzaba a ascender majestuosamente por un cielo azul. El mar seguía embravecido. El agua que bañaba la costa estaba turbia, como siempre que la marejada es de fondo, y se revolvía airada contra los peñascos de la orilla y los batía con fragor: unas veces los tapaba enteramente con un blanco manto de espuma; otras veces los escalaba llena de cólera, y antes de llegar a la cima caía jadeante; otras, en fin, se contentaba con entrar al arma [61] por todos sus huecos y concavidades para enterarse de si había allí algún enemigo escondido y darle muerte; y no hallando a nadie en quien cebar su furor, se retiraba gruñendo y murmurando amenazas para tornar de nuevo y con más bríos a la carga. Sobre la gran playa arenosa venían las olas en escuadrones cerrados que se renovaban sin cesar; llegaban en línea de batalla, altas y formidables, sacudiendo su melena de espuma; avanzaban majestuosamente sobre la alfombra dorada, esperando encontrar resistencia; pero al ver libre el campo, se dejaban caer perezosamente, no rendidas a ningún adversario, sino a su mis-

---

[61] Atacar violenta y decididamente.

ma pesadumbre y fortaleza. Y en pos de éstas venían otras y otras después al instante, y después otras, y así siempre, sin dar punto de tregua. Y todavía allá a lo lejos se columbraban infinitas legiones de ellas que acudían iracundas y erizadas de todos los parajes del globo en socorro de sus compañeras.

La agitación inmensa del océano, puesto por arcana razón en movimiento; aquel vaivén confuso que se extendía hasta la línea indecisa del horizonte, formaba contraste singular con la serenidad riente del firmamento. José detuvo un instante el paso delante de las olas y contempló el panorama con la curiosidad del marino, la cual jamás se agota; no había en su mirada rencor ni desesperación. Avezados a tener su vida y su hacienda en poder de la mar y a ser derrotados en las luchas que con ella sostienen, los pescadores sufren sus inclemencias con resignación y respetan su cólera como la de un Dios irritado y omnipotente. En aquel momento le preocupaba más al marinero un barco que veía allá en los confines del horizonte, batiéndose con las olas, que su propia lancha. Después de observar con atención inteligente sus maniobras un buen rato, siguió caminando hacia el pueblo. Al divisar las primeras casas le asaltó una idea muy triste; pensó que la pérdida de la lancha iba a estorbar de nuevo su matrimonio ya próximo; y como si entonces tan sólo se diese cuenta de que iba medio desnudo y mojado, comenzó a tiritar fuertemente.

VII

El daño causado en Rodillero por aquella gran «vaga de mar» (así llaman los pescadores a la mar alta) fue harto considerable: cuatro o cinco lanchas desbaratadas, y mucha parte de las otras con avería. Los vizcaínos, a quienes se suponía causantes de él, y lo eran en realidad, aunque de un modo inocente, andaban confusos y avergonzados; en cuanto la mar se aplacó, a los dos días del suceso, izaron vela para su tierra, dejando el puerto más despejado y el lugar tranquilo.

La lancha de José había sido la única arrastrada por el agua, lo cual llamó un poco la atención, porque las amarras de tierra no estaban rotas, sino que habían marchado enteras con el barco; esto no era fácil de explicar, suponiendo, como es lógico, que estuviesen anudadas. Cuando en la bajamar sacó José del agua el ancla de cuatro lengüetas que usan las lanchas, fue grande su sorpresa al ver que el cable no estaba roto por la fuerza de un tirón, sino por medio de un cuchillo o navaja. En vano trató de explicarse de un modo natural aquel extraordinario fenómeno; todo el trabajo de su cerebro era inútil ante la realidad que tenía delante. Al fin, y bien a su pesar, brotó en su alma la sospecha de que allí había andado una mano alevosa. Pero esto le causaba aún mayor sorpresa. ¿De quién podía ser aquella mano? Solamente de un enemigo, y él no tenía ninguno; en el pueblo no había, a su entender, persona capaz de tal villanía. Y para no calumniar mentalmente a nadie, obrando con su acostumbrada lealtal, determinó no pensar más en ello, ni dar noticia del terrible descubrimiento. Guardólo, pues, en el fondo de su espíritu, haciendo lo posible por olvidarlo enteramente. La pérdida de la lancha no abatió su ánimo, ni mucho menos; pero las consecuencias que consigo trajo le llenaron de amargura.

La señá Isabel mostró tomar parte principal en su pesadumbre; se deshizo en quejas y lamentos; rompió en apóstrofes violentísimos contra los vizcaínos. En todas sus palabras dejaba, sin embargo, traslucir que consideraba muy grave el contratiempo.

—¿No es una vergüenza que esos zánganos forasteros sean los causantes de la ruina de los vecinos de Rodillero?...

Y dirigiéndose a José:

—No te apures, querido, no te apures por quedar arruinado... No te faltará Dios, como no te ha faltado hasta ahora... Trabaja con fe, que mientras uno es joven, siempre hay esperanzas de mejorar de fortuna.

Estas palabras de consuelo dejaban profundamente desconsolado a nuestro marinero, pues le advertían bien claramente de que no había que hablar de matrimonio por entonces. Y, en efecto, dejó correr los días sin soltar palabra alguna referente a él, ni delante de la maestra ni a solas con su novia. Pero la tristeza que se reflejaba en el rostro acusaba perfectamente el pesar que embargaba su alma. Hacía esfuerzos para aparecer sereno y risueño en la tienda del maestro, y procuraba intervenir alegremente en la conversación; mas a lo mejor quedaba serio sin poderlo remediar, y se pasaba la mano por la frente con abatimiento. Algo semejante le acontecía a Elisa: también comprendía que era inútil hablar de boda a su madre, y trataba de ocultar su desazón sin conseguirlo. En las breves conversaciones que con José tenía, ni uno ni otro osaban decirse nada de aquel asunto; pero en lo inseguro de la voz, en las tristes y largas miradas que se dirigían y en el ligero temblor de sus manos al despedirse, manifestaban sin necesidad de explicarse más claramente que la misma idea les hacía a ambos desgraciados. Lo peor de todo era que no podían calcular ya cuándo se calmarían sus afanes pues pensar en que José ahorrase de nuevo para comprar otra lancha, valía tanto como dilatar su unión algunos años.

Mientras los amantes padecían de esta suerte, comenzó a correr por el pueblo, sin saber quién la soltara, la especie de que la pérdida de la lancha no había sido fortuita, sino intencional. La circunstancia de haber marchado enteras las amarras se prestaba mucho a este supuesto. Además, se había sabido también que el cable del ancla no estaba roto, sino cortado. Teresa fue una de las primeras en tener noticia de ello y con la peculiar lucidez de la mujer y de los temperamentos fogosos, puso en seguida el dedo en la llaga:

—¡Aquí anduvo la mano de la maestra!

En vano las comadres le insinuaban la idea de que José tenía en el lugar envidiosos de su fortuna. No quiso oírlas.

—A mi hijo nadie le quiere mal; aunque haya alguno que le envidie, no es capaz de hacerle daño.

Y de esto no había quien la moviera. Irritósele la bilis pensando en su enemiga, hasta un punto que causaba miedo: aquellos días primeros apenas osaba nadie dirigirle la palabra; se puso flaca y amarilla; pasaba el tiempo gruñendo por casa como una fiera hambrienta.

Por fin, una vez se plantó delante de José con los brazos en jarra y dijo:

—¿Cuánto vamos a apostar a que cojo a la madre de tu novia por el pescuezo y se lo retuerzo?

José quedó aterrado.

—¿Por qué, madre? —preguntó con voz temblorosa.

—Porque sí; porque se me antoja... ¿Qué tienes que decir a esto? —repuso ella clavándole una mirada altiva.

El marinero bajó la cabeza sin contestar; conociendo bien a su madre, esperó a que se desahogara.

Viendo que él no replicaba, Teresa prosiguió,

pasando súbito de su aparente calma a una furiosa exaltación:

—Sí; un día la cojo por los pocos pelos que le quedan y la arrastro hasta la ribera... ¡A esa bribona!... ¡A esa puerca!... ¡A esa sinvergüenza!...

Y siguió recorriendo fogosamente todo el catálogo de los dicterios. José permaneció mudo mientras duró la granizada. Cuando se fue calmando, tornó a preguntar:

—¿Por qué, madre?

—¿Por qué? ¿Por qué? Porque ella ha sido, ¡esa infame!, quien te hizo perder la lancha...

—¿Y cómo sabe usted eso? —preguntó el pescador con calma.

Teresa no lo sabía, ni mucho menos; pero la ira le hizo mantener en aquel momento que sí, que lo sabía a ciencia cierta, y no teniendo datos ni razones que exponer en apoyo de su afirmación, las suplía con gritos, con insultos y amenazas.

José trato de disuadirla con empeño, representándola el grave pecado que era achacar a cualquiera persona una maldad semejante sin estar bien seguro de ello; pero la viuda no quiso escucharle. Siguió cada vez con mayor cólera profiriendo amenazas. Entonces el marinero, atribulado, pensando en que si su madre llegaba a hacer lo que decía, sus relaciones con Elisa quedaban rotas para siempre, exclamó con angustia:

—¡Madre, por Dios le pido que no me pierda!

Fue tan dolorido el acento con que estas palabras se pronunciaron, que tocó el corazón de Teresa, el cual no era perverso sino cuando la ira le cegaba. Quedó un momento suspensa; murmuró algunas frases duras; finalmente se dejó ablandar, y prometió estarse quieta. Mas a los tres o cuatro días, en un arranque de mal humor, rompió otra vez en amenazas contra su ene-

miga. Con esto José andaba triste y sobresalta-
do, esperando que la hora menos pensada se ar-
mase un escándalo que diera al traste con sus
vacilantes relaciones.

Teresa no sosegaba tampoco, queriendo a toda
costa convertir en certidumbre la sospecha que
le roía el corazón. Corría por las casas del pueblo interrogando a sus amigas, indagando con
más destreza y habilidad que un experimentado
agente de policía. Al cabo pudo averiguar que,
días antes del suceso, la señá Isabel había tenido
larga plática con Rufo el tonto a la orilla del mar.
Este dato bañó de luz el tenebroso asunto [62], ya
no había duda. La maestra era la inteligencia y
Rufo el brazo que había cometido el delito. Entonces Teresa, para obtener la prueba de ello,
se valió de un medio tan apropiado a su genio
como oportuno en aquella sazón. Buscó inmediatamente a Rufo; hallóle en la ribera rodeado
de unos cuantos marineros que se solazaban
zumbándole [63], y dirigiéndose a él de improviso,
lanzando rayos de cólera por los ojos, le dijo:

—¿Conque, has sido tú, gran pícaro, el que
soltó los cabos de la lancha de mi hijo, para que
se perdiese? ¡Ahora mismo vas a morir a mis
manos!

El tonto, sorprendido de este modo, cayó en
el lazo. Dio algunos pasos atrás, empalideció ho-
rriblemente, y plegando las manos, comenzó a
decir lleno de miedo:

—¡Peldóneme, señá Telesa!... ¡Peldóneme, señá Telesa!...

Entonces ella se vendió a su vez. En vez de
seguir en aquel tono irritado y amenazador, dejó

---

[62] La unión de estas dos palabras recuerda el título de
una obra de Honorato de Balzac, muy divulgada en España, *Un asunto tenebroso*, dentro del tono de las lecturas juveniles de Palacio Valdés.
[63] Burlándose de él.

que apareciese en su rostro una sonrisa de triunfo.

—¡Hola! ¿Conque, has sido tú de veras?... Pero de ti no ha salido esa picardía..., eres demasiado tonto... Alguien te ha inducido a ello... ¿Te lo ha aconsejado la maestra, verdad?

El tonto, repuesto ya del susto y advertido por aquella sonrisa, tuvo la suficiente malicia para no comprometer a la madre de su ídolo.

—No, señola; no, señola; fui yo solo...

Teresa trató con empeño de arrancarle el secreto; pero fue en vano. Rufo se mantuvo firme. Los marineros, cansados de aquella brega, dijeron a una voz:

—Vamos, déjele ya, señá Teresa; no sacará nada en limpio.

La viuda persuadida, hasta la evidencia de que la autora de su infortunio era la señá Isabel, y rabiosa y enfurecida por no habérselo podido sacar del cuerpo al idiota, corrió derechamente a casa de aquélla.

Estaba a la puerta de la tienda cosiendo. Teresa la vio de lejos y gritó con acento jocoso:

—¡Hola, señá maestra! ¿Está usted cosiendo? Allá voy a ayudarla a usted un poquito.

No sabemos lo que la señá Isabel encontraría en aquella voz de extraordinario, ni lo que vería en los ojos de la viuda al levantar la cabeza; lo cierto es que se alzó súbitamente de la silla, se retiró con ella y atrancó la puerta, todo con tal presteza, que por mucho que Teresa corrió, ya no pudo alcanzarla. Al verse defraudada, empujó con rabia la puerta gritando:

—¿Te escondes, bribona? ¿Te escondes?...

Pero al instante apareció en la ventana la señá Isabel diciendo con afectado sosiego:

—No me escondo, no; aquí me tienes.

—Baje usted un momento, señora —replicó Teresa disfrazando con una sonrisa el tono amenazador que usaba.

—¿Para qué me quieres abajo? ¿Para verte mejor esa cara de zorra vieja que te ha quedado?

Este feroz insulto fue dicho con voz tranquila, casi amistosa. Teresa se irguió bravamente sintiendo el acicate, y alzando los puños a la ventana, gritó:

—¡Para arrancarte esa lengua de víbora y echársela a los perros, malvada!

Algunos curiosos rodeaban ya a la viuda; otros se asomaban a las ventanas de las casas vecinas esperando con visible satisfacción el espectáculo tragicómico que se iniciaba. En Rodillero las pendencias entre mujeres son frecuentísimas: es lógico, dado el genio vivo y exaltado de la mayoría de ellas: la mala educación, la ausencia de urbanidad propias de la plebe, no sólo hace que menudeen, sino que les da siempre un aspecto grosero y repugnante: además, en Rodillero, el asunto de las riñas tiene algo de tradicional y privativo; desde muy antiguo gozan fama en Asturias las disputas de las mujeres de este pueblo, y se sabe que no las hay más desvergonzadas y temibles cuando se desbocan. Así que, acostumbradas desde niñas a presenciarlas y a tomar parte muy a menudo, casi todas conocen bastante bien el arte de reñir y algunas llegan a ser consumadas maestras. Este mérito no queda oculto; se dice, por ejemplo: «Fulana riñe bien; Zutana se acalora demasiado pronto; Mengana da muchos gritos y no dice nada», lo mismo que en Madrid se comentan y aquilatan las dotes de los oradores importantes. Había no hace mucho tiempo en Rodillero una persona que eclipsaba a todas las reñidoras del lugar y las derrotaba siempre que entraba en liza con ellas: era un hombre, aunque por sus gustos e inclinaciones tenía mucho de mujer. Se llamaba, o se llama, Pedro Regalado, pero nadie le conoce allí por otro nombre que por el de *el marica de don Cándido*. Teresa, aunque había reñido innumerables veces, no había llegado a adquirir, debido a su natural impetuoso, el grado de perfección que la retórica de las comadres exigía; aquel velar las injurias para herir al adversario sin descubrirse, aquel subir y bajar la voz con oportunidad, aquel manotear persuasivo, aquel sonreír irónico, aquel alejarse con majestad y venir de improviso con un nuevo insulto en la boca. La señá Isabel, por su posición un tanto más alta, descendía pocas veces a la palestra de la calle, pero era comúnmente temida a causa de su astucia y malevolencia.

—A los perros hace tiempo que estás echada tú, pobrecilla —dijo contestando sin inmutarse a la terrible amenaza de Teresa.

—¡Eso quisieras tú; echarme a los perros! Para empezar me quieres echar a pedir limosna, quitándome el pan.

—¿Qué te he quitado yo?

—La lancha nueva de mi hijo, ¡infame!

—¿Que me he comido yo la lancha de tu hijo? ¡No creía tener tan buenas tragaderas!

Los curiosos rieron. Teresa, encendida de furor, gritó:

—Ríete, pícara, ríete, que ya sabe todo el pueblo que has sido tú la que indujo al tonto del sacristán a cortar los cables de la lancha.

La maestra empalideció y quedó un instante suspensa; pero repuesta en seguida, dijo:

—Lo que sabe todo el pueblo es que hace tiempo que debieras estar encerrada, por loca.

—Encerrada pronto lo serás tú en la cárcel. ¡Te he de llevar a la cárcel, o poco he de poder!

—Calla, tonta, calla —dijo la maestra, dejando aparecer en su boca una sonrisa—; ¿no ves que se están riendo de ti?

—¡A la cárcel!, ¡a la cárcel! —repitió la viuda con energía; y volviéndose a los circunstantes, preguntó enfáticamente—: ¿Habéis visto nunca mujer más perversa?... La madre murió de un golpe que le dio esta bribona con una sartén, bien lo sabéis... Echó de casa a su hermano y le obligó a sentar plaza... [64]. A su marido, que era un buen hombre, le dejó morir como a un perro, sin médico y sin medicinas, por no gastarse los cuartos..., que tampoco eran suyos; y si no mata a éste que ahora tiene, consiste en que es un calzonazos que no la estorba para nada.

En este momento, don Claudio, que estaba detrás de su mujer sin atreverse a intervenir en la contienda, sacó su faz deprimida y más fea aún por la indignación que reflejaba, diciendo:

—¡Cállese usted, deslenguada; váyase usted de aquí o doy parte en seguida al señor alcalde!

Pero la maestra, que refrenaba con grandísimo trabajo la ira, halló medio de darle algún respiro sin comprometerse, y extendiendo el brazo, le pegó un soberbio mojicón de mano vuelta en el rostro. El pobre pedagogo, al verse maltratado tan inopinadamente, sólo tuvo ánimo para exclamar, llevándose las manos a la parte dolorida:

—¡Mujer!, tú, ¿por qué me castigas?

Teresa estaba tan embebida en la enumeración de las maldades de su enemiga, que no advirtió aquel chistoso incidente, y siguió diciendo a la muchedumbre que la rodeaba:

—Ahora roba el dinero de su hija, lo que el difunto tenía de sus padres, y no la deja casarse por no soltar la tajada... ¡Antes dejará los dientes en ella!...

La señá Isabel lanzó una carcajada estridente.

—¡Vamos, ya pareció aquello! ¿Estás ofendida porque no quiero que mi hija se case con el tuyo, verdad? ¿Quisieras echar las uñas a mi dinero y divertirte con él, verdad? Lámete, pobrecilla, lámete, que tienes el hocico untado.

La viuda se puso encarnada como una brasa.

—Ni mi hijo ni yo necesitamos de tu dinero.

---

[64] Ingresar voluntario en el ejército.

Lo que queremos es que no nos robes. ¡Ladrona!, ¡ladrona!..., ¡ladrona!..., ¡ladrona!

El furor de que estaba poseída le hizo repetir innumerables veces esta injuria, exponiéndose a ser procesada; en cambio, la maestra procuraba insultarla a mansalva.

—¿Qué he de robarte yo, pobretona? Lo que tenías, ya no se acuerda nadie de cuándo te lo han robado...

—¡Ladrona!, ¡ladrona!, ¡ladrona! —gritaba la viuda, a quien ahogaba el coraje.

—Calla, tonta, calla —decía la señá Isabel sin caérsele la sonrisa de los labios—. Vamos, por lo visto, tú quieres que te llame *aquello*...[65].

—¡Has de parar en la horca, bribona!

—No te empeñes en que te llame *aquello*, porque no quiero.

Y volviéndose a los circunstantes, exclamaba con zumba:

—¡Será terca esta mujer, que se empeña en que le llame *aquello*!... ¡Y yo, no quiero!... ¡Y yo, no quiero!

Al decir estas palabras abría los brazos con una resolución tan graciosa que excitaba la risa de los presentes. El furor de Teresa había llegado al punto máximo; las injurias que salían de su boca eran cada vez más groseras y terribles.

Por grande que sea nuestro amor a la verdad, y vivo el deseo de representar fielmente una escena tan señalada, el respeto que debemos a nuestros lectores nos obliga a hacer alto. Su imaginación podrá suplir fácilmente lo que resta. La reyerta prosiguió encendida largo rato y en la misma disposición; esto es, la señá Isabel esgrimiendo la burla y el sarcasmo; Teresa arrojándose a todos los denuestos imaginables: la acción acompañaba a la violencia de sus palabras; iba y venía con portentosa celeridad; daba vueltas en

---

[65] Prostituta, puta, en la forma más popular.

redondo como una peonza; sacudía los brazos en todas direcciones; desgarraba el pañuelo de la garganta que le sofocaba; todo su cuerpo se estremecía cual si estuviese sometido a una corriente magnética. Más de cien veces se alejó de aquel sitio, y otras tantas volvió para arrojar con voz enronquecida un nuevo insulto a la faz de su enemiga. Por último, rendida a tanto esfuerzo y casi perdida la voz, se alejó definitivamente. Los curiosos la perdieron de vista entre las revueltas de la calle. La señá Isabel, victoriosa, le gritó aún desde la ventana:

—¡Anda, anda; vete a casa y toma tila y azahar; no sea cosa que te dé la perlesía [66] y revientes!

Teresa padecía, en efecto, del corazón, y solía resentirse cuando experimentaba algún disgusto. En cuanto llegó a casa cayó en un accidente tan grave que fue necesario llamar apresuradamente al cirujano del lugar.

VIII

Cuando a la tarde llegó José de la mar y se enteró de lo acaecido, experimentó el más fiero dolor de su vida. No pudo medirlo bien, sin embargo, hasta que su madre salió del accidente; los cuidados que exigía y la zozobra que inspiraba le hacían olvidar en cierto modo su propia desdicha. Mas al ponerse buena a los dos o tres días, sintió tan viva y tan cruel la herida de su alma, que estuvo a punto de adolecer. No salió de sus labios, a pesar de esto, una palabra de recriminación; enterró su dolor en el fondo del pecho y siguió ejecutando la tarea cotidiana con

---

[66] Parálisis, temblor de los músculos.

el mismo sosiego aparente. Pero al llegar de la mar por las tardes, en vez de ir a la tienda de la maestra o pasar un rato en la taberna con sus amigos como antes, se metía en casa, así que despachaba los negocios del pescado, y no volvía a salir hasta el siguiente día a la hora de embarcarse.

Esta resignación mortificaba aún más a Teresa que una reyerta cada hora: andaba inquieta y avergonzada, su corazón de madre padecía al ver el dolor mudo y grave de su hijo; aunque no se hubiese apagado ni mucho menos en su alma la hoguera de la cólera, y desease frenéticamente tomar venganza acabada de la señá Isabel, empezaba a sentir algo parecido al remordimiento. Pero no fue parte esto a impedir que demandase judicialmente al sacristán reclamándole los daños causados por su hijo Rufo, el cual por su inocencia no era responsable ante la ley. Y como el hecho estaba bien probado, el juez de Sarrió condenó al cabo al sacristán a encerrar en casa al tonto y a resarcir el valor de la lancha a José. Lo primero fue ejecutado al punto; mas a lo segundo no era fácil darle cumplido efecto, porque el sacristán vivía de los escasos emolumentos que el cura le pagaba, y no se le conocían más bienes de fortuna: cuando el escribano fue a embargarle la hacienda vióse necesitado de tomar los muebles, los enseres de cocina y las ropas de cama, todo lo cual, viejo y estropeado, produjo poquísimo dinero. Mas la sacristana debía de estimarlo como si fuese de oro y marfil, a juzgar por el llanto y los suspiros que le costó desprenderse de ello. Tenía esta mujer opinión de bruja en el pueblo; las madres la miraban con terror y ponían gran cuidado en que no besara a sus pequeños; los hombres la consultaban algunas veces cuando hacían un viaje largo para saber su resultado. Ella, en vez de trabajar para deshacer esta opinión, la fomentaba con su conducta, a semejanza de lo que en otro tiempo hacían algunas desdichadas que la Inquisición mandaba a la hoguera; la vanidad femenina puede llegar a tales extravíos. Decía la buenaventura por medio de las cartas o por las rayas de la mano; sacaba el maleficio al que no podía usar del matrimonio; propinaba untos y polvos para ser querido de la persona deseada, y se daba aire de suficiencia y aparato de misterio que excitaba grandemente la fantasía de los pobres pescadores.

Al ver que le arrebataban de casa sus muebles, prorrumpió en maldiciones tan espantosas contra Teresa y su hijo, que consiguió horrorizar a los curiosos que, como sucede siempre en tales casos, habían seguido al escribano y al alguacil.

—¡Permita Dios que esa bribona pida limosna por las calles y la ahorquen después por ladrona! ¡Permita Dios que se le haga veneno lo que coma! ¡Permita Dios que su hijo vaya un día al mar y no vuelva!

Mientras los ministros de la justicia desempeñaron su tarea, no cesó de invocar al cielo y al infierno contra sus enemigos. Los vecinos que se hallaban presentes marcharon aterrados.

—Por todo lo que tiene don Anacleto —decía un marinero viejo a los que iban con él—, no quisiera estar ahora en el pellejo de José el de la viuda. Hay que temer las maldiciones de esa mujer.

—No será tanto —repuso otro más joven y más despreocupado.

—Te digo que sí. Tú eres mozo y no puedes acordarte, pero aquí están Casimiro y Juan, que bien saben lo que a mí me ha pasado con ella hace ya algunos años... Iba yo una tarde a la ribera para salir a la merluza, cuando me llamó para pedirme que llevase conmigo a su Rufo y le hiciese rapaz de la lancha. Yo me negué a ello, claro está, porque ese bobo nunca ha servido para nada. Se puso entonces como una perra rabiosa contra mí, y me llenó de insultos y maldiciones. Yo, sin hacer caso, seguí mi camino y entré a bordo; llegamos a la playa de la merluza a eso de las nueve y tuvimos los aparejos echados hasta el amanecer. ¿Querrás creer que no aferré más de tres merluzas? Las demás lanchas vinieron con ochenta, ciento, y hasta la hubo de ciento treinta. Al día siguiente me sucedió, poco más o menos, lo mismo, y al otro igual, y al otro igual... En fin, muchacho, que no tuve más remedio que ir a su casa y pedirle por Dios que me levantase la maldición...

Los marineros viejos apoyaron lo que su compañero afirmaba. Cuando los demás vecinos tuvieron noticia de las tremendas maldiciones proferidas por la mujer del sacristán, también compadecieron sinceramente a José. La misma Teresa, al saberlo, se sintió atemorizada, por más que la soberbia le hiciese ocultar el miedo.

A la hora de comer, la señá Isabel, que lo había aprendido en la calle, se lo notició a su hija con extremado deleite.

—¿No sabes una cosa, Elisa?

—¿Qué?

—Que hoy fueron a embargar los muebles a Eugenia la sacristana por lo que hizo su hijo Rufo con la lancha de José... ¡Pero anda, que no les arriendo la ganancia ni a éste ni a su madre!... Las maldiciones que aquella mujer les echó no son para dichas... Creo que daban miedo.

Elisa, cuya alma impresionable y supersticiosa conocía bien la maestra, se puso pálida.

—¡Fueron espantosas, según cuentan! —prosiguió la vieja, relamiéndose interiormente—. Que había de verles pidiendo limosna por las calles...; que ojalá José necesitase robar para comer y le viese después colgado de una horca, o que saliese un día a la mar y no volviese...

Las manos de Elisa temblaban al llevar la cuchara a la boca, mientras su madre, con refinada crueldad, repetía una por una las atrocidades que por la mañana había proferido la sacristana. Al fin, algunas lágrimas salieron rodando de sus ojos hermosos. La maestra, al verlas, se indignó terriblemente.

—¿Por qué lloras, mentecata? ¿Habrá en el mundo muchacha más bobalicona?... ¡Aguarda un poco, que yo te daré motivo para llorar!

Y levantándose de la silla le aplicó un par de soberbias bofetadas, que enrojecieron las mejillas de la cándida doncella.

Mientras tales sucesos acaecían, estaba feneciendo en Rodillero la costera del bonito; por mejor decir, había terminado enteramente. Corrían los postreros días de octubre; el tiempo estaba sereno; la mar se rizaba levemente en toda su extensión al paso de las brisas frías del otoño; el cielo, a la caída de la tarde, se presentaba diáfano y pálido; algunas nubes de color violeta permanecían suspendidas en el horizonte; los cabos de la costa parecían más cercanos por la pureza del ambiente; cuando las ráfagas de la brisa eran más vivas, corrían por la superficie del mar fuertes temblores de frío, cual si al monstruo se le pusiese carne de gallina.

Había llegado la época propicia para la pesca de la sardina, más descansada y de menos peligro que la del bonito. Desgraciadamente, aquel año se presentó muy poca en la costa. Las lanchas salían por mañana y tarde y regresaban la mayor parte de los días sin traer sobre los paneles el valor de la raba que habían echado al agua como cebo. ¡Qué distinto aquel año del anterior, en que se pescaba en una hora lo bastante para tornarse a casa satisfechos; en que las gaviotas se cernían en bandadas sobre las barcas para recoger las migajas del botín; en que los muchachos, encaramados sobre las peñas, veían brillar de lejos la sardina en el fondo de las lanchas como montones enormes de lingotes de plata! Y no habiendo sardina, tampoco tenían cebo para salir al congrio y la merluza, ni pescar cerca de la costa la lubina, el sollo, el salmonete y otros peces exquisitos. El hambre iba, pues, a presentarse muy pronto en Rodillero, porque los pescadores viven ordinariamente para el día, sin acordarse del siguiente. Algunos de ellos, no obstante, se defendían de la miseria persistiendo en salir al bonito, aunque éste andaba escaso también, y se corría ya, por lo avanzado de la estación, grave riesgo en pescarlo: la mar, en esta época, se alborota presto; el viento, a veces, también cae de un modo repentino, y las lanchas necesitan alejarse mucho para hallar aquel pescado. José era uno de estos marineros temerarios; pero vencido al fin de las amonestaciones de los viejos y de su propia experiencia, que también se lo mandaba, determinó suspender las salidas al bonito y dedicarse a la sardina, aunque con poquísimas esperanzas de obtener buen resultado.

Antes de emprender esta pesca se fue una mañana por tierra a Sarrió con el objeto de comprar raba. Había amanecido un día sereno. El mar presentaba un color lechoso; el sol se mantuvo largo rato envuelto en leve gasa blanca; los cabos, en vapor trasparente y azulado. Sobre la llanura del mar, el cielo aparecía estriado de nubes matizadas de violeta y rosa. A las diez de la mañana el sol rompió su envoltura, disipáronse las nubes, y comenzó a ventar fresco del Nordeste. A la una de la tarde la brisa se fue calmando, y aparecieron por la parte de tierra algunas nubecillas blancas como copos de lana: se indicó el contraste, a la media hora ya se había declarado. El viento del Oeste consiguió la victoria sobre su enemigo, y comenzó a soplar reciamente, pero sin inspirar cuidado. Sin embargo, su fuerza fue aumentando poco a poco, de suerte que a las tres soplaba ya huracanado. Los marineros que estaban en el pueblo habían acudido todos a la ribera. A partir de esta hora fue aumentando por momentos la fuerza del vendaval. Comenzó a sentirse en el pueblo la agitación del miedo. Un rumor sordo y confuso, producido por las idas y venidas de la gente, por las preguntas que los vecinos se dirigían unos a otros. Las mujeres dejaban las ocupaciones de la casa y salían a las puertas y a las ventanas, y se miraban asustadas, y se interrogaban con los ojos y con la lengua:

—¿Han llegado las lanchas?

—¿Están las lanchas fuera?

Y unas después de otras, las que tenían a los suyos en el mar, enderezaron sus pasos hacia la ribera, formando grupos y comunicándose sus temores. Mas antes de que pudiesen llegar allá, el viento se desató violento e iracundo, como pocas veces se había visto: en pocos minutos se convirtió en un terrible y pavoroso huracán; al cruzar por el estrecho barranco de Rodillero, con ruido infernal, batió furiosamente las puertas de las casas, arrebató algunas redes que se hallaban tendidas en las ventanas, y arrojó remolinos de inmundicia a los ojos de los vecinos. Las mujeres, embargadas por el miedo, suspendieron toda conversación y corrieron desoladas a la playa: los demás habitantes, hombres, mujeres y niños, que no tenían ningún pariente en la mar, dejaron también sus casas y las siguieron; por la calle no se oía más que este grito: «¡Las lanchas!, ¡las lanchas!»

Al desembocar aquella muchedumbre en la ribera, el mar ofrecía un espectáculo hermoso, más que imponente. Los vientos repentinos no traen consigo gran revolución en las aguas por el momento, sino una marejada viva y superficial. Así que la vasta llanura sólo estaba fuertemente fruncida; brillaban en toda su extensión infinitos puntos blancos, surgiendo y desapareciendo al-

ternativamente, a modo de mágico chisporroteo.
Pero los centenares de ojos clavados en el horizonte con ansiedad no vieron señal niguna de barco. Entonces una voz gritó: «¡A San Esteban!... ¡A San Esteban!» Todos dejaron la ribera para subir a aquel monte, que señoreaba una extensión inmensa de agua. La mayoría se fue a buscar corriendo el camino que por detrás del pueblo conducía a él; mas los niños y las pobres mujeres que tenían a sus esposos y hermanos en la mar se pusieron a escalarlo a pico; la impaciencia, el terror, el ansia les daba fuerza para trepar por las rocas puntiagudas y la maleza.

Cuando llegaron a la cima y tendieron la vista por la gran planicie del océano, vieron en los confines del horizonte tres o cuatro puntos blancos; eran las lanchas. Después fueron apareciendo sucesivamente otros varios, mostrándose unos y otros cada vez con más precisión.

—Vienen todas en vuelta de tierra, con el borriquete de proa[67] solamente —dijo uno de los marineros que acababan de llegar.

—En vuelta de tierra, sí; pero a buscar pronto el abrigo de la costa. Tienen la proa puesta a Peñascosa —repuso otro.

El grupo de los espectadores colocado en la cima del monte, se fue engrosando rápidamente con los que llegaban a toda prisa. El viento hacía tremolar vivamente los pañuelos de las mujeres, y obligaba a los hombres que gastaban sombrero a tenerlo sujeto con la mano. Reinaba silencio ansioso en aquel puñado de seres humanos. El huracán zumbaba con fuerza en los oídos, hasta aturdirlos y ensordecerlos. Todos los ojos estaban clavados en aquellos puntitos blancos que parecían inmóviles allá en el horizonte. De vez

----
[67] Vela que se pone sobre el trinquete.

en cuando los marineros se comunicaban rápidamente alguna observación.

—La salsa [68] les debe incomodar.

—Psch... eso importa poco. Por ahora la mar no les hace mayor daño. Si consiguen abrigarse, no hay cuidado.

—Necesitan orzar mucho.

—Claro; todo lo que dé el viento...; y aun así, no sé si podrán meterse detrás del cabo.

Las lanchas, al fin, se fueron ocultando una en pos de otra donde el marinero decía.

El grupo respiró. Sin embargo, aquel consuelo se fue trocando poco a poco en angustia a medida que el tiempo avanzaba y los barcos no aparecían sobre la punta de tierra más próxima a Rodillero, denominada el Cuerno.

Transcurrió media hora; el grupo de los vecinos tenía los ojos fijos en este cabo con expresión de anhelo. El viento seguía cada vez más soberbio y embravecido.

—Mucho tardan —dijo un marinero al oído de otro.

—Se habrán metido quizá en la concha de Peñascosa —respondió éste.

—O vendrán ciñendo la tierra sin soltarla.

Tenía razón el primero. Después de aguardar largo rato, apareció por el Cuerno una lancha con el borriquete solamente y a medio izar.

—¡Es la de Nicolás de la Tejera! —dijeron a un tiempo varias voces.

—¡Alabado sea Dios! ¡Bendita sea la Virgen Santísima! ¡El Santo Cristo hermoso les ha salvado! —dijeron casi a un tiempo las esposas y las madres de los que la tripulaban.

Y bajaron corriendo a la ribera para esperarles.

Al poco rato apareció otra.

---

[68] Superficie del mar picada y agitada por el temporal.

—¡Es la de Manuel de Dorotea! —exclamaron en seguida en el grupo.

Se escucharon las mismas bendiciones y gritos de alegría. Otro golpe de mujeres y niños se destacó corriendo a la playa.

Luego vino otra, y luego otra, y así sucesivamente fueron apareciendo unas tras otras las lanchas. El grupo del monte de San Esteban iba mermando poco a poco a medida que las barcas entraban en la ensenada de Rodillero. Pronto quedó reducido a un puñado de personas. Faltaba una sola lancha. En la ribera se sabía ya que aquella lancha no había de llegar, porque había zozobrado; pero nadie osaba subir a San Esteban a noticiarlo. Las pobres mujeres que allí estaban esperaban con sus pañuelos de la mano, silenciosas, inmóviles, presintiendo su desgracia, y haciendo esfuerzos por alejar del pensamiento la terrible idea.

El sol se ocultaba ya entre rojizos resplandores; el viento aún persistía en soplar furiosamente; las aguas del océano dejaban de fruncirse y comenzaban a hincharse con soberbia. Las esposas y madres seguían con los ojos clavados en el mar, esperando siempre ver aparecer a los suyos. Nadie se decía una palabra ni de temor ni de consuelo; mas, sin advertirlo ellas mismas, algunas lágrimas saltaban a los ojos: el viento las secaba prontamente.

Mientras esto acaecía en Rodillero, José caminaba apresuradamente la vuelta de él por la carretera de Sarrió. Como marino experimentado, comprendió a las primeras señales de contraste que iba a caer un viento peligroso. Al observar la violencia inusitada de las ráfagas, se dijo lleno de tristeza: «Es imposible que hoy no suceda alguna desgracia en Rodillero.» Y apretó cuanto pudo el paso. De vez en cuando se detenía unos instantes para subir a alguna eminencia del camino y escrutar atentamente los horizontes de la mar en busca de las lanchas. Cuando el huracán llegó a su mayor poder, no le fue dado resistir la impaciencia: dejó el barril de raba[69] que había comprado en manos de otro caminante que halló por casualidad, y se dio a correr como un gamo hasta perder el aliento.

Cuando alcanzó las primeras casas del pueblo era ya muy cerca del oscurecer. Un grupo de chicos estaba jugando a los bolos en las afueras; al pasar por delante, uno de ellos le dijo:

—José, la lancha de Tomás se perdió.

El marinero detuvo el paso y preguntó visiblemente conmovido:

—¿Dónde iba mi cuñado Nicasio?

El muchacho bajó la cabeza sin contestar, asustado ya y arrepentido de habérselo dicho.

José se puso terriblemente pálido. Quitóse la boina y comenzó a mesarse los cabellos, dejando escapar palabras de dolor y gemidos. Siguió caminando hacia el pueblo, y entró en él escoltado por el grupo de chicos y por otros muchos que se les fueron agregando. «Ahí va José; ahí va José de la viuda», se decían los vecinos acercándose a las puertas y ventanas para verle pasar descolorido y con la boina en la mano. Al cruzar por delante de una taberna salieron de ella tres o cuatro voces llamándole; y otros tantos marineros acudieron a detenerle, y le hicieron entrar. Bernardo era uno de ellos; otro, el Corsario.

—Acaban de decirme que se perdió la lancha de Tomás... ¿No se salvó ninguno? —preguntó temblándole la voz al poner el pie en la taberna.

Ninguno de los marineros esparcidos por ella le contestó. Después de algunos instantes de silencio, uno le dijo:

—Vamos, José; toma un vaso de vino, y serénate. Todos estamos sujetos a lo mismo.

---

[69] Cebo para pescar, especialmente de huevas de bacalao.

José se dejó caer sentado sobre el banco próximo al mostrador, y metió la cabeza entre las manos, sin hacer caso del vaso que su compañero le puso delante. Al cabo de un rato, sin embargo, alargó la mano para cogerlo y bebió todo el vino con avidez.

—¡Qué se va a hacer! ¡Vaya todo por Dios! —dijo al colocarlo otra vez sobre el mostrador. Y limpiándose con la boina algunas lágrimas que le rodaban por el rostro, preguntó ya con voz entera—: ¿Y cómo fue eso?

—Pues nada, muchacho, se fueron a pique porque quisieron —le respondió uno—. Cuando veníamos todos con el borriquete medio relingado [70] y con muchísimo ojo [71], y que no nos llegaba la camisa al cuerpo, vemos que Tomás iza el trinquete [72] en el palo del medio... Me parece que no había acabado de relingar cuando, ¡zas!, dio vuelta la lancha...

—¿No quedó flotando alguno? —preguntó José.

—Sí; vimos tres o cuatro.

—¿Y por qué no los recogisteis?

—Porque pasábamos muy lejos de ellos... Detrás de nosotros y bien a barlovento [73] venía Joaquín de la Mota... Pensábamos que él los recogería.

—¡Pensabais!, ¡pensabais! —exclamó Bernardo indignado—. ¡Lo que yo pienso es que debierais ir entre guardias civiles a la cárcel así que saltasteis a la ribera!

—¿Por qué, morral, por qué? —preguntó el otro lleno de ira—. ¿Qué íbamos a hacer nosotros pasando más de un tiro de carabina lejos de ellos? ¿Querías que por salvarlos a ellos nos ahogáramos todos?

—¡Ahogaros!, ¡ahogaros!... ¡La lástima fue

---

[70] Cabo que refuerza las puntas u orillas de las velas.
[71] Con mucha atención o precaución.
[72] Palo del barco.
[73] Lado de donde viene el viento.

ésa!... ¿Y por qué no arriasteis de plan la vela y no os acercasteis bogando?

—¡Cállate, burro, cállate! ¿Crees tú que estaba la mar para que hiciéramos dulces con ella?

—La mar estaba bella...; un poco de salsa, y nada más.

—¿Qué sabes tú lo que pasaba en la mar, si estabas en tierra rascándote la barriga?

—La mar estaba bella, te digo... Y además, en último resultado, ¿por qué no disteis fondo y no aguardasteis a que ellos se fueran acercando a vosotros?

Mientras Bernardo y el otro marinero disputaban, José permanecía silencioso, teniendo la cabeza entre las manos en actitud de profundo abatimiento. Pensaba que su hermana quedaba con seis niños, el mayor de once años, sin más amparo que la capa del cielo. Y por más que sus hermanas jamás habían sido buenas para él y le habían ocasionado muchos pesares, todavía les dedicaba en su corazón un cariño inmenso. La tabernera, gorda y linfática, le miraba con lástima y hacía esfuerzos por consolarle, presentándole de vez en cuando el vaso lleno de vino. Él alargaba el brazo distraídamente para cogerlo y lo bebía hasta el tope, sin darse cuenta cabal de lo que hacía.

Cuando más encendida estaba la disputa entre Bernardo y su compañero, he aquí que se oyen fuertes gritos en la calle, y casi en el mismo instante entra en la taberna con violencia la hermana de nuestro marinero, la que acababa de quedar viuda, suelto el cabello, el rostro demudado y rodeada de sus hijos. Se abalanza a José y se arroja en sus brazos rompiendo en agudos gemidos, que dejan silenciosos y graves a todos los marineros. Aquél la recibe también llorando. Cuando se separan, la mujer recoge sus niños y, empujándoles hacia José, les dice, con cierta expresión teatral que repugna a los circunstantes, bien enterados de lo mucho que aquél había sufrido por su causa:

—Hijos míos, ya no tenéis quien os mantenga; pedid de rodillas a vuestro tío que sea vuestro padre; él, que es tan bueno, os amparará.

El noble marinero no advierte, como los demás, la hipocresía de su hermana. Abraza a los niños y les besa diciendo:

—No tengáis cuidado, pobrecitos; mientras yo tenga un pedazo de pan, será vuestro y de vuestra madre.

Después se limpia las lágrimas y dice a su hermana:

—Vaya, llévalos a casa, que ya es noche.

Así que la mujer y los chicos salieron de la taberna, se enredó de nuevo la disputa sobre el percance de la tarde. Poco a poco todos los marineros fueron tomando parte en ella, hasta no entenderse nadie.

José permanecía silencioso al lado del mostrador, apurando de vez en cuando el vaso de vino que la tabernera le presentaba. Al fin, tanto fue lo que bebió, sin advertirlo, que perdió la cabeza y fue preciso transportarlo a casa en completo estado de embriaguez.

IX

Recogió, en efecto, a la viuda y a sus hijos en casa y los mantuvo todo lo bien que le consentían sus escasos recursos. Pero éstos, en vez de aumentar, fueron disminuyendo: la costera de la sardina fue desdichada hasta el fin; no hubo apenas congrio ni merluza; cuando llegó la del besugo, por los meses de diciembre y enero, José estaba empeñado en más de mil reales, y aún le faltaba pagar cuatro barriles de raba, que ascendían a una respetable cantidad. Viéndose perseguido por los acreedores, se deshizo de su lancha, la cual, por ser vieja y venderse con prisa, le valió poco dinero. Una vez sin lancha, no tuvo más remedio que entrar de simple compañero en otra, ganando, como los demás, una soldada, que aquel año era cortísima.

Agregábase a estas calamidades la de no tener sosiego en su casa. Su madre no sufría con paciencia los reveses de la fortuna y se rebelaba contra ella, armando por el más liviano motivo una batahola, que se oía en todos los rincones del pueblo. Dentro de casa, su hija, sus nietos y el mismo José, cuando llegaba de la mar, eran víctimas de aquella cólera que se le había derramado por el cuerpo y que la ahogaba. Por otra parte, la hermana casada no veía con buenos ojos que la viuda y sus hijos se estuviesen comiendo todo lo que había en la casa de su madre y la dejasen arruinada, cuando ella no había sacado ni un mal jergón (eran sus palabras); y no dejaba de echárselo en cara siempre que podía, y de ahí se originaban pendencias repugnantes que convertían la vivienda en un verdadero infierno.

Para salir de él temporalmente, y no morirse de tristeza, nuestro desgraciado marinero asistía de vez en cuando a la taberna y se pasaba allá algunas horas charlando y bebiendo con sus compañeros. Poco a poco el vicio de la bebida, que tanto había aborrecido, se fue apoderando de él, y si no le dominó por entero como a otros, haciéndole olvidar sus obligaciones, todavía fue lo bastante para que en el pueblo se dijese que «estaba convertido en un borracho». La señá Isabel se daba prisa a propalar esta especie entre las comadres.

La miseria, el trabajo, la discordia doméstica, no serían poderosos a abatir el ánimo del pescador si a ellos no se añadiese la soledad del corazón, que es el desengaño. Educado en la desgra-

141

cia, padeciendo desde que nació todos los rigores de la suerte, luchando con la ferocidad de la mar y con los caracteres no menos feroces de su madre y hermanas, poco le importaría un latigazo más de la fortuna si su vida no hubiera sido iluminada un instante por el sol de la dicha. Pero había tropezado con el amor en su monótona existencia, y había tropezado al tiempo mismo en que alcanzaba también el bienestar material. De pronto, bienestar y amor se habían huido; apagóse el rayo de luz: quedó sumido en las tinieblas de la miseria y la soledad. Y si es cierto, como afirma el poeta, que no existe mayor dolor que recordar el tiempo feliz en la desgracia [74], no es maravilla que el pobre José buscase un lenitivo al suyo y el olvido momentáneo de sus penas en la ficticia alegría que el vino comunica.

Desde la reyerta de su madre con la señá Isabel no había vuelto a hablar con Elisa, ni la había visto sino de lejos; en cuanto divisaba su figura (y era pocas veces, porque se pasaba el día entero en la mar), se alejaba corriendo o se mezclaba en un grupo para no tropezar con ella, o buscaba asilo en la taberna inmediata. Al principio esto fue por vergüenza y miedo: temía que Elisa estuviese ofendida y no le quisiera saludar. Más adelante, la maledicencia, que en tales casos nunca deja de andar suelta, trajo a sus oídos la noticia de que la joven estaba ya inclinada a despreciarle, que su madre había logrado persuadirla a ello, y que pronto se casaría con un piloto de Sarrió. Entonces por dignidad evitó cuidadosamente su encuentro. Los contratiempos que des-

---

[74] Palacio Valdés mantiene aquí una idea que encontramos ya expresada por Juan Boscán (1542), el introductor de la poesía petrarquista en España, que escribió en uno de sus sonetos:

Si en mitad del dolor tener memoria
del pasado placer, es gran tormento...

pués padeció ayudaron también mucho a alejar-
le de ella. Pensaba, y no le faltaba razón, que un
hombre arruinado y con tantas obligaciones como
él tenía, no era partido para ninguna muchacha,
y menos para una tan codiciada como la hija de
la maestra.

Así estaban las cosas, cuando un día en que
por falta de viento no salieron a la mar le propuso su madre ir a Peñascosa, distante de Rodillero poco más de media legua. Tenía allí Teresa
una hermana que le había ofrecido patatas de su
huerta y algunas otras legumbres, que en el estado de pobreza en que se hallaban era un socorro muy aceptable. Decidieron ir por la tarde
y tornar al oscurecer, para que José no pasase
en medio del día cargado por el pueblo. Aunque
había camino real para ir a Peñascosa, la gente
de este pueblo y la de Rodillero acostumbraba
servirse, cuando no llevaba carro o caballería, de
una trocha abierta a orillas de la mar; ésta fue la
que siguieron madre e hijo cuando ya el sol de-
clinaba.

Era un día transparente y frío del mes de fe-
brero; el mar ofrecía un color azul oscuro. Como
la vereda no consentía que fuesen pareados, la
madre caminaba delante y el hijo la seguía; marchaban silenciosos y tristes. Hacía tiempo que la
alegría había huido de sus corazones. Cuando se
hallaban a medio camino próximamente, en un
paraje en que la trocha dejaba las peñas de la
costa y entraba por un vasto y alegre campo,
vieron a lo lejos otras dos personas que hacia
ellos venían. Teresa no fijó atención en ellas;
pero José, por su costumbre de explorar largas
distancias, no tardó en descubrir que aquellas
dos personas eran la señá Isabel y su hija. Dióle
un salto el corazón, pensando en que era forzoso
tropezarse. ¡Qué iba a pasar allí! No se atrevió
a decir nada a su madre, y la dejó caminar distraída, con los ojos bajos; mas al fin ésta levantó

la cabeza, y fijándose en las dos figuras lejanas se volvió hacia él preguntando:

—Oye, José, ¿aquellas dos mujeres no te parece que son la señá Isabel y Elisa?

—Creo que sí —respondió el marinero sordamente.

—¡Ah! —exclamó Teresa con feroz regocijo, y apretó un poco el paso sin pronunciar palabra, temiendo, sin duda, que el hijo tratase de estorbar el proyecto que había nacido súbitamente en su imaginación.

José la siguió con el corazón angustiado, sin osar decirle nada. No obstante, después que hubieron caminado algunos pasos, pudo más el temor de una escena violenta y escandalosa que el respeto filial, y se aventuró a decir severamente:

—Madre, haga el favor, por Dios, de no comprometerse ni comprometerme.

Pero Teresa siguió caminando sin contestarle, como si quisiera evitar razonamientos.

Un poco más allá tornó a decirle aún con más severidad:

—¡Mire bien lo que va a hacer, madre!

El mismo silencio por parte de Teresa. En esto se habían acercado ya bastante los que iban y los que venían de Peñascosa. Cuando estuvieron a un tiro de piedra, próximamente, la señá Isabel detuvo el paso y vaciló un instante entre seguir o retroceder, porque había advertido la resolución nada pacífica con que Teresa caminaba hacia ella. Por fin adoptó el término medio de estarse quieta. Teresa avanzó rápidamente hacia ella; pero al hallarse a una distancia de veinte o treinta pasos se detuvo también, y poniendo los brazos en jarras [75] comenzó a preguntar a su enemiga en el

---

[75] Postura con los puños apoyados en las caderas, los brazos arqueados y separados del cuerpo, indicadora de desafío.

tono sarcástico que la ira le hacía siempre adoptar:

—¡Hola, señora!... ¿Cómo está usted, señora?... ¿Está usted buena?... ¿El esposo bueno también?... Hacía tiempo que no tenía el gusto de verla...

—¡José, ten cuidado con tu madre, que está loca! —gritó la señá Isabel con el semblante demudado.

—¡Ah, señora! Conque, ¿después de haberle echado a pedir limosna y haberse reído de él, le pide usted todavía que la socorra? —Y cambiando repentinamente la expresión irónica de su rostro por otra iracunda y feroz, salvó como un tigre la distancia que la separaba de su enemiga, y se arrojó sobre ella gritando—: ¡Tú me has vuelto loca, bribona!... ¡Pero ahora me las vas a pagar todas!

La lucha fue tan rabiosa como repugnante. La viuda, más fuerte y más nerviosa, consiguió en seguida arrojar al suelo a la señá Isabel; pero ésta, apelando a todos los medios de defensa, arrancó los pendientes a su enemiga, rajándole las orejas y haciéndole sangrar por ellas copiosamente.

José de un lado y Elisa de otro, se habían precipitado a separar a sus madres, y se esforzaban inútilmente por conseguirlo. Elisa tenía el rostro bañado de lágrimas; José estaba pálido y conmovido. Sus manos, en uno de los lances de la faena, se encontraron casualmente; y por un movimiento simultáneo, alzaron la cabeza, se miraron con amor, y se las estrecharon tiernamente.

Al fin, José, cogiendo a su madre por medio del cuerpo, la levantó en el aire y fue a depositarla algunos pasos lejos. Elisa ayudó a levantarse a la suya. Unos y otros se apartaron, siguiendo su camino. Las madres iban delante murmurando sin cesar injurias. Los hijos volvían a menudo la cabeza para mirarse, hasta que se perdieron enteramente de vista.

X

Don Fernando, de la gran casa de Meira, se paseaba una noche, dos meses después del suceso que acabamos de referir, por el vasto salón feudal de su casa solariega. Alguien hubiera echado de menos en aquel instante la artística lámpara de bronce, en consonancia con la majestuosa amplitud de la cuadra [76], o los primorosos candelabros de plata de un período más reciente; porque el pavimento no estaba llano, liso y extendido como en los siglos anteriores; ofrecía aquí y allá algunos agujeros, que aunque labrados por la planta nobilísima de los señores de Meira, y en este supuesto muy dignos de veneración, no dejaban de ser enemigos declarados de la integridad y salud de todas las piernas, lo mismo hidalgas que plebeyas. Pero don Fernando los conocía muy bien, y los evitaba sin verlos, caminando con paso rápido de un cabo a otro de la estancia, en medio de las tinieblas.

Sus pasos retumbaban huecos y profundos en el vetusto caserón; mas los ratones, habituados desde muy antiguo a escucharlos, no mostraban temor alguno y persistían tranquilamente en su obra devastadora, rompiendo el silencio de la noche con un leve y continuado crujido. Los murciélagos, con menos temor aún, volaban en danza fantástica sobre la cabeza del anciano con sordo y medroso zumbido.

En aquel momento, don Fernando se hubiera metamorfoseado de buena gana en ratón y, acaso,

[76] Sala grande.

146

en murciélago. Por muy triste que fuese roer en la madera sepultado en un tétrico agujero, o yacer aletargado durante el día sobre la cornisa de una puerta, para volar únicamente en las lúgubres horas de la noche, ¿lo era menos, por ventura, verse privado de salir a la luz del sol y caminar al aire libre después de conocer las dulzuras de uno y otro? Pues esto, ni más ni menos, era lo que le acaecía al noble vástago de la casa de Meira, hacía ya cerca de un mes. ¿Y todo, por qué? Por una cosa tan sencilla y corriente como no tener camisa.

Hacía ya bastante tiempo que don Fernando sólo tenía una; pero con ella se daba traza para ir tirando. Cuando estaba sucia la lavaba con sus propias manos, y la tendía en un patinejo [77] que había detrás de la casa, y después que se secaba, bien aplanchada con las manos, se la ponía. Mas sucedió que una mañana, estando la camisa tendida al sol, y el señor de Meira esperando en su mansión que se secase, acertó a entrar en el patio, por una de sus múltiples brechas, el asno de un vecino; el señor de Meira le vio acercarse a la camisa, sin sospechar nada malo, le vio llegar el hocico a ella, y todavía no comprendió sus planes; sólo al contemplarla entre los dientes del jumento se hizo cargo de su imprevisión, y sintió el corazón desgarrado; y la camisa también. Desde entonces don Fernando no puso más los pies en la calle a las horas del día; repugnaba mucho, y no sin razón, a sus altos sentimientos feudales presentarse sin una prenda tan indispensable ante los hijos de aquellos antiguos villanos, sobre quienes sus antepasados ejercían el derecho de pernada [78] y otros privilegios tan despóticos, aunque menos ominosos.

---

[77] Patio pequeño.
[78] Derecho feudal sobre la recién casada, convertido en el acto simbólico de colocar el señor una pierna sobre el lecho de los vasallos el día de la boda.

Entre los hijos de aquellos villanos corría como muy cierta la voz de que don Fernando estaba pasando «las de Caín». Y aunque el hambre se cernía como águila rapaz sobre la cabeza de casi todos los vecinos de Rodillero, no faltaban corazones compasivos que procuraban socorrer al noble caballero sin ofender su extraordinaria y delicadísima susceptibilidad. El que más se distinguía en esta generosa tarea era nuestro José, el cual apelaba a mil ardides y embustes para obligar al señor de Meira a que aceptase sus auxilios: unas veces le venía hablando de una deuda antigua que su madre tenía con la casa de Meira; otras muchas le mandaba pescado de regalo; otras, llevando las viandas en un cesto, se iba a cenar con él en grata compañía. Don Fernando, que conocía la precaria situación del marinero, rechazaba con heroísmo aquellos tan apetecidos socorros, y sólo después de largo pugilato lograba José que los aceptase, volviendo la cabeza para no ver las lágrimas de agradecimiento que el anciano caballero no era poderoso a contener. Pero estos y otros socorros no bastaban algunas veces: había días en que nadie aparecía por el lóbrego caserón, y entonces era cuando don Fernando pasaba «aquellas de Caín» a que la voz pública se refería.

Ahora las está pasando más terribles y crueles que nunca. Hace veinticuatro horas que no ha entrado alimento alguno en el estómago del noble caballero, y según se puede colegir, no es fácil que entre todavía en algunas más, pues son las doce de la noche y se encuentran todos los vecinos reposando. A medida que el tiempo pasa crece su congoja; los paseos no son tan vivos; de vez en cuando se pasa la mano por la frente, donde corren ya algunas gotas de sudor frío, y deja escapar algunos suspiros que mueren tristemente sin llegar a todos los ámbitos del tenebroso salón. El último vástago de la alta y poderosa casa de Meira está a punto de desfallecer. De pronto, sin darse él mismo cuenta cabal de lo que hace, movido, sin duda, del puro instinto de conservación, abandona rápidamente la estancia, baja las ruinosas escaleras en pocos saltos y se lanza a la calle. Una vez en ella, se queda inmóvil sin saber a dónde dirigirse.

Era una noche templada y oscura de primavera: espesos nubarrones velaban por completo el fulgor de las estrellas. Don Fernando gira la vista en torno con dolorosa expresión de angustia, y después de vacilar unos instantes, empieza a caminar lentamente a lo largo de la calle en dirección de la salida del pueblo. Al pasar por delante de las casas vacila, medita si llamará en demanda de socorro; pero un vivo sentimiento de vergüenza se apodera de él en el momento de acercarse a las puertas, y sigue su camino; sigue siempre, bien convencido, sin embargo, de que pronto caerá rendido a la miseria. Empieza a sentir vértigos y nota que la vista se le turba. Al llegar delante de la casa de la señá Isabel, que es una de las últimas del lugar, se detiene... ¿Adónde va? ¿A morir quizá como un perro en la carretera solitaria? Entonces vuelve a mirar en torno suyo y ve a su izquierda blanquear la tapia de la huerta del maestro: es una huerta amplia y feraz, llena de frutas y legumbres; la mejor que hay en el pueblo, o por mejor decir, la única buena. El pensamiento criminal de entrar en aquella huerta y apoderarse de algunas legumbres asalta al buen hidalgo; lo rechaza al instante; le acomete otra vez; torna a rechazarlo. Finalmente, después de una lucha tenaz, pero desigual, vence el pecado. Don Fernando se dijo para cohonestar el proyecto de robo:

—¿Pues qué, voy a dejarme morir de hambre? Unas cuantas patatas más o menos no suponen nada a la maestra; bastante tiene..., mal adquirido a costa de los pobres pescadores.

Y he aquí cómo el hambre hizo socialista en un instante al último vástago de la gran casa de Meira.

Siguió la tapia a lo largo, torció a la izquierda y buscó por detrás de la casa el sitio más accesible para entrar. La pared por aquel sitio no era tan alta y estaba descascada y ruinosa en algunos trozos. Don Fernando, apoyando los pies en los agujeros, logró colocarse encima. Una vez allí, se agarró a las ramas de un pomar[79] y descendió por ellas lentamente y con mucha cautela hasta el suelo. Después de permanecer algunos momentos inmóvil para cerciorarse de que nadie le había sentido, se introdujo muy despacito en la huerta. Lo primero que hizo en cuanto se halló entre los cuadros de las legumbres fue arrancar una cebolla y echarle los dientes. En cuanto la engulló, arrancó otras tres o cuatro y se las metió en los bolsillos. Después se volvió otra vez a paso de lobo hacia la tapia. Mas antes de llegar a ella percibió con terror que se movían las ramas del pomar por donde había saltado, y a la escasísima claridad de la noche observó que el bulto de un hombre se agitaba entre ellas y se dejaba caer al suelo, como él había hecho. Don Fernando quedó petrificado. Y mucho más creció su miedo y su vergüenza cuando el hombre dio unos cuantos pasos por la huerta y se vino hacia él. Lo primero que se le ocurrió fue echarse al suelo. El hombre pasó rozando con él: era José.

«¿Vendrá también a robar?», pensó don Fernando; pero José dejó salir de su boca un silbido prolongado; y el señor de Meira vino a entender que se trataba de una cita amorosa, cosa que le sorprendió bastante, pues creía, como todo el pueblo, que las relaciones de Elisa y el marinero estaban rotas hacía ya largo tiempo. No tardó en aparecer otro bulto por el lado de la casa,

[79] Manzano.

150

y ambos amantes se aproximaron y comenzaron a hablar en voz tan baja que don Fernando no oyó más que un levísimo cuchicheo. La situación del caballero era un poco falsa. Si a los jóvenes les diese por recorrer la huerta o estuviesen en ella hasta que el día apuntase y le viesen, ¡qué vergüenza! Para evitar este peligro se arrastró lenta y suavemente hasta el pomar y se ocultó entre unas malezas que cerca de él había, esperando que José marchase para escalar de nuevo el árbol y retirarse a su casa. Mas al poco rato de estar allí comenzaron a caer algunos goterones de lluvia y los amantes vinieron también a refugiarse debajo del pomar, que era uno de los pocos árboles copudos y frondosos de la huerta y el más lejano de la casa. Don Fernando se creyó perdido y comenzó a sudar de miedo; ni un dedo se atrevió a mover. Elisa y José se sentaron en el suelo, uno al lado del otro, dando la espalda al caballero, sin sospechar su presencia.

—¿Y por qué crees que tu madre presume algo? —dijo José en voz baja.

—No sé decirte; pero de algunos días a esta parte me mira mucho y no me deja un instante sola. El otro día, mientras estaba barriendo la sala, me puse a cantar. Al instante subió ella y me dijo: «¡Parece que estás contenta, Elisa! Hacía ya mucho tiempo que no te salía la voz del cuerpo.» Me lo dijo de un modo y con una sonrisa tan falsa, que me puse colorada y me callé.

—¡Bah, son cavilaciones tuyas! —replicó el marinero.

Guardó silencio, sin embargo, después de esta exclamación, y al cabo de un rato lo rompió diciendo:

—Bueno es vivir prevenidos. Ten cuidado no te sorprenda.

—¡Desgraciada de mí entonces! Más me valiera no haber nacido —repuso la joven con acento de terror.

Ambos volvieron a quedar silenciosos. Elisa, cabizbaja y distraída, jugaba con las hierbas del suelo. José alargó la mano tímidamente, y, simulando también jugar con el césped, consiguió rozar suavemente los dedos de su novia. La lluvia, que comenzaba a arreciar, batía las hojas del pomar con redoble triste y monótono; la huerta exhalaba ya un olor penetrante de tierra mojada.

—¿Pensáis salir mañana a la mar? —preguntó Elisa al cabo de un rato, levantando sus hermosos ojos rasgados hacia el marinero.

—Me parece que no —repuso éste—. ¿Para qué? —añadió con amargura—. Hace ocho días que no traemos valor de cinco duros.

—Ya lo sé, ya lo sé; este año no hay merluza en la mar.

—¡Este año no ha habido nada! —exclamó José con rabia.

Otra vez quedaron silenciosos. Elisa seguía jugando con las hierbecitas del suelo. El marinero le había aprisionado un dedo entre los suyos y lo estrechaba suavemente, sin osar apoderarse de la mano. Al cabo de un rato, Elisa, sin levantar la cabeza, comenzó a decir en voz baja y temblorosa:

—Yo creo, José, que la causa de todo lo que nos está pasando es la maldición que te ha echado la sacristana. ¿Por qué no vas a pedirla que te la levante?... Desde que esa mujer te maldijo no te ha salido nada bien.

—Y antes tampoco —apuntó José con sonrisa melancólica.

—Otros muchos lo han hecho antes que tú —siguió diciendo la joven, sin hacer caso de la observación de su amante—. Mira, Pedro el de la Matiella, ya sabes cómo estaba, flaco y amarillo que daba lástima verlo... Todo el mundo pensaba que se moría. En cuanto pidió perdón a la sacristana, empezó a ponerse bueno, y ya ves hoy cómo está.

—No creas esas brujerías, Elisa —dijo el marinero, con una inflexión de voz en que se adivinaba que él andaba muy cerca de creerlas también.

Elisa, sin contestar, se agarró fuertemente a su brazo con un movimiento de terror.

—¿No has oído?

—¿Qué?

—¿Ahí, entre las zarzas?

—No he oído nada.

—Se me figuró escuchar la respiración de una persona.

Ambos quedaron un momento inmóviles con el oído atento.

—¡Qué miedosa eres, Elisa! —dijo riendo el marinero—. Es el ruido de la lluvia al pasar entre las hojas hasta el suelo.

—¡Me parecía!... —repuso la joven sin quitar los ojos de la maleza donde estaba oculto el señor de Meira, y aflojando poco a poco el brazo de su novio.

Mientras tanto, aquél sudaba copiosamente, temiendo que José viniese a explorar las zarzas. Afortunadamente no fue así. Elisa se tranquilizó pronto, y viendo a su amante triste y cabizbajo, cambió de conversación con ánimo de alegrarle.

—¿Cuándo comenzaréis a salir al bonito?... Tengo ya deseos de que empiece la costera... Me da el corazón que va a ser muy buena...

—Allá veremos —repuso José moviendo la cabeza en señal de duda—. Creo que saldremos dentro de quince o veinte días... ¿Qué vamos a hacer si no?...

—Comienza el buen tiempo..., y vendrán en seguida las romerías... ¡Qué gusto!... La de la Luz es ya de mañana en un mes —dijo Elisa esforzándose por aparecer alegre.

—¡Qué importa que comiencen las romerías, si yo no puedo acompañarte en ellas! —exclamó el marinero con acento dolorido.

—No te dejes acobardar, José, que todo se arreglará... Hay que tener confianza en Dios... Yo todos los días le pido al Santo Cristo que te dé buena suerte y que le toque en el corazón a mi madre.

—Es difícil Elisa..., es muy difícil... Si no me ha querido cuando tenía algunos cuartos, ¿cómo me ha de querer hoy que soy un pobrete, y tengo sobre los hombros tanta familia?

Elisa comprendió la justicia de esta observación; pero repuso con la tenacidad sublime que el amor comunica a las mujeres:

—No importa... Yo creo que se ablandará. Tengamos confianza en el Santo Cristo de Rodillero, que otros milagros mayores ha sabido obrar...

La lluvia arreciaba con ímpetu; de tal suerte, que ya el árbol no bastaba a proteger a los amantes. Las hojas se doblaban del peso del agua, y la dejaban caer en abundancia sobre sus cabezas. Pero ellos ni lo advertían siquiera, embargados enteramente por el deleite de hallarse juntos; las manos enlazadas, los ojos en extática contemplación.

Elisa logró al cabo ahuyentar la melancolía de su novio; su plática tomó un sesgo risueño; hablaron de los incidentes ocurridos en pasadas romerías, y rieron de buena gana recordándolos.

—¿Te acuerdas cuando Nicolás nos convidó en la romería de San Pedro?... Tú me dijiste por lo bajo: «Hay que beberle todo el vino que saque...»

—Porque en seguida vi que el gran tacaño lo que quería era dárselas de rumboso a poca costa.

—¡Qué trabajo me costó echar todo el vaso al cuerpo! Tú te lo bebiste en un decir Jesús..., y anda, que Ramona tampoco se portó mal del todo. Pero cuando vio que Bernardo se lo iba a tragar entero también, ¿qué de prisa le echó mano, verdad? ¡Como que ya no podía resistir más el pobre! —dijo Elisa rompiendo a reír—. Lo mejor de todo fue lo que decía para disculpar la porquería... «¡Esa es una broma!... ¡Yo no quiero bromas!...» Cuando se me representa la cara que ponía el infeliz al vernos apurar los vasos, me río como una loca, aunque esté sola...

Ambos reían en efecto, procurando no hacer ruido.

—Por cierto —siguió Elisa fingiendo seriedad—, que tú más tarde te pusiste un poco alegre, y le diste un beso a mi prima Ramona.

—No me acuerdo.

—Sí; no te acuerdas de lo que no quieres.

—De todos modos, estando borracho, no sabe uno lo que hace.

—No se te ocurriría, sin embargo, echarte al agua.

—¡Claro!

—Pero se te ocurre besar a las muchachas.

—No estando borracho, jamás —afirmó resueltamente José.

—¡Madre mía, si en la hora de la muerte me pusieran a la cabecera tantos angelitos como besos habrás dado!

—Te irías sola para el cielo —repuso el marinero riendo.

La plática se trocaba en alegre disputa: los amantes se embriagaban con aquella charla sencilla, hallando tan chistoso lo que mutuamente se decían, que no cesaban de soltar carcajadas, cuyo ruido apagaban llevando la mano a la boca. La noche, oscura y lluviosa, era para ellos plácida y grata como pocas.

Pero Elisa creyó percibir otra vez la respiración que antes la asustara. Se quedó algunos instantes distraída. Y no queriendo decir nada a José, porque no la llamase otra vez medrosa, optó por separarse.

—Ya debe ser muy tarde, José —dijo levantándose—. Mañana tengo que madrugar... además, nos estamos poniendo como una sopa.

El marinero se levantó también, aunque no de buen grado.

—¡Qué bien se pasa el tiempo a tu lado, Elisa! —dijo tímidamente.

La joven sonrió con dulzura oyendo aquella declaración que el marinero no había osado pronunciar hasta entonces, y un poco ruborizada le tendió la mano.

—Hasta mañana, José.

José tomó aquella mano, la estrechó tierna y largamente, y respondió con melancolía:

—Hasta mañana.

Pero no acababa de soltarla: fue necesario que Elisa dijese otra vez:

—Hasta mañana, José.

Tiró de ella con fuerza, y se alejó rápidamente en dirección a la casa. El marinero no se movió hasta que calculó que estaba ya dentro. Luego escaló cautelosamente la cerca, montó sobre ella y desapareció por el otro lado.

Algunos instantes después salía de su escondite el señor de Meira mojado hasta los huesos.

—¡Pobres muchachos! —exclamó, sin acordarse de su propia miseria y trepando por el pomar. Y una vez en la calle, enderezó los pasos hacia su mansión feudal, acariciando en la mente un noble cuanto singular proyecto.

XI

Pocos días después, don Fernando de Meira se personó en casa de José, muy temprano, cuando éste aún no había salido a la mar.

—José, necesito hablar contigo a solas. Ven a dar una vuelta conmigo.

El marinero pensó que llegaba en demanda de socorro, aunque hasta entonces jamás se lo había pedido directamente: cuando el hambre más le apuraba, solía llegarse a él diciendo:

—José, a Sinforosa se le ha concluido el pan, y no quisiera tomárselo a la otra panadera... Si me hicieses el favor de prestarme una hogaza...

Mas para que a esto llegase, era necesario que el caballero estuviese muy apurado; de otra suerte, ni directa ni indirectamente se humillaba a pedir nada. No obstante, José lo pensó así, porque no era fácil pensar otra cosa, y tomando el puñado de cuartos que tenía y metiéndolos en el bolsillo, se echó a la calle en compañía del anciano.

Guióle don Fernando fuera del pueblo y cuando estuvieron a alguna distancia, cerca ya de la gran playa de arena, rompió el silencio diciendo:

—Vamos a ver, José, tú debes de andar algo apuradico de dinero, ¿verdad?

José pensó que se confirmaba lo que había imaginado; pero le sorprendió un poco el tono de protección con que el hidalgo le hacía aquella pregunta.

—Psch..., así, así, don Fernando. No estoy muy sobrado...; pero, en fin, mientras uno es joven y puede trabajar, no suele faltar un pedazo de pan.

—Un pedazo de pan es poco... No sólo de pan vive el hombre —manifestó el señor de Meira sentenciosamente; y después de caminar algunos instantes en silencio, se detuvo repentinamente, y encarándose con el marinero le preguntó:

—Tú te casarías de buena gana con Elisa, ¿verdad?

José quedó sorprendido y confuso.

—¿Yo? Con Elisa no tengo nada ya... Todo el mundo lo sabe...

—Pues sabe una gran mentira, porque estás en amores con Elisa; me consta —afirmó el caballero resueltamente.

José le miró asustado, y empezaba a balbucir

ya otra negación cuando don Fernando le atajó diciendo:

—No te molestes en negarlo, y dime con franqueza si te casarías gustoso.

—¡Ya lo creo! —dijo el marinero bajando la cabeza.

—Pues te casarás —dijo el señor de Meira ahuecando la voz todo lo posible y extendiendo las dos manos hacia adelante.

José levantó la cabeza vivamente y le miró, pensando que se había vuelto loco. Después, bajándola de nuevo, dijo:

—Eso es imposible, don Fernando... No pensemos en ello.

—Para la casa de Meira no hay nada imposible —respondió el caballero con mucha mayor solemnidad.

José sacudió la cabeza, atreviéndose a dudar del poderío de aquella ilustre casa.

—Nada hay imposible —volvió a decir don Fernando, lanzándole una mirada altiva, propia de un guerrero de la Reconquista.

José sonrió con disimulo.

—Atiende un poco —siguió el caballero—. En el siglo pasado, un abuelo mío, don Álvaro de Meira, era corregidor [80] de Oviedo. Había allí una casa perteneciente al clero que estorbaba mucho en la vía pública, y el corregidor se propuso echarla abajo. Tropezó en seguida con la oposición del obispo y cabildo catedral, los cuales manifestaron que de ningún modo lo intentase, so pena de excomunión; pero el corregidor, sin hacer caso de amenazas, cierto día manda a ella una cuadrilla de albañiles y comienzan a derribarla. Dan parte del hecho al obispo, alborótase su ilustrísima, convoca al cabildo y deciden ir revestidos a excomulgar a todo el que se atreva a tocar a ella; pero mi bisabuelo lo supo, y ¿qué hace enton-

---

[80] Antiguo magistrado de justicia.

ces? Va y manda allá al verdugo a leer un pregón en que se impone la pena de cien azotes a todo albañil que se baje del tejado. ¡Ni uno solo se bajó, muchacho!... Y la casa vino al suelo.

Don Fernando, con un movimiento enérgico de la mano, derribó de golpe el edificio clerical, más José pareció enteramente insensible a esta proeza de los Meira; seguía cabizbajo y triste, considerando tal vez que era lástima que tal poder de infligir azotes no quedase anejo a todos los señores de Meira, en cuyo caso no sería imposible que pidiese unos cuantos para la señá Isabel.

—Cuando a un Meira se le mete algo entre ceja y ceja —siguió el hidalgo—, ¡hay que temblar!... Toma —añadió sacando del bolsillo un paquetito y ofreciéndoselo—. Ahí tienes, diez mil reales. Cómprate una lancha y deja lo demás de mi cuenta.

El marinero quedó pasmado, y no se atrevió a alargar la mano pensando que aquello era una locura del señor de Meira, a quien ya muchos no suponían en su cabal juicio.

—Toma, te digo; cómprate una lancha... y a trabajar.

José tomó el paquete, lo desenvolvió y quedó aún más absorto al ver que eran monedas de oro. Don Fernando, sonriendo orgullosamente continuó:

—Vamos a otra cosa ahora. Dime: ¿cuántos años tiene Elisa?

—Veinte.

—¿Los ha cumplido ya?

—No, señor; me parece que los cumple el mes que viene.

—Perfectamente: el mes que viene te diré lo que has de hacer. Mientras tanto, procura que nadie se entere de tus amores... mucho sigilo y mucha prudencia.

Don Fernando hablaba con tal autoridad y arqueaba las cejas tan extremadamente, que a pesar de su figurilla menuda y torcida, consiguió infundir respeto al marinero; casi llegó a creer en el misterioso e invencible poder de la casa de Meira.

—A otra cosa... ¿Tú puedes disponer de la lancha esta noche?

—¿Qué lancha?, ¿la de mi patrón?

—Sí.

—¿Para ir adónde?

—Para dar un paseo.

—Si no es más que para eso...

—Pues a las doce de la noche pásate por mi casa dispuesto a salir a la mar: necesito de tu ayuda para una cosa que ya sabrás... Ahora vuélvete a casa y comienza a gestionar la compra de la lancha. Ve a Sarrió por ella, o constrúyela aquí; como mejor te parezca.

Confuso y en grado sumo perplejo se apartó nuestro pescador del señor de Meira; todo se volvía cavilar mientras caminaba la vuelta de su casa de qué modo habría llegado aquel dinero a manos del arruinado hidalgo y se propuso no hacer uso de él en tanto que no lo averiguase. Pero como los enigmas, particularmente los enigmas de dinero, duran en las aldeas cortísimo tiempo, se pasaron dos horas sin que se supiese que don Fernando había vendido su casa el día anterior a don Anacleto, el cual la quería para hacer de ella una fábrica de escabeche, no para otra cosa, pues en realidad estaba inhabitable. El señor de Meira la tenía hipotecada ya hacía algún tiempo a un comerciante de Peñascosa en nueve mil reales. Don Anacleto pagó esta cantidad y le dio además otros catorce mil. En vista de esto, José se determinó a devolver los cuartos al generoso caballero tan pronto como le viese, porque le pareció indecoroso aceptar, aunque fuese en calidad de préstamo, un dinero de que tan necesitado estaba su dueño.

Todavía le seguía preocupando, no obstante, aquella misteriosa cita de la noche, y aguardaba con impaciencia la hora, para ver lo que era. Un poco antes de dar las doce por el reloj de las Consistoriales [81] enderezó los pasos hacia el palacio de Meira; llamó con un golpe a la carcomida puerta, y no tardó mucho el propio don Fernando en abrirle.

—Puntual eres, José. ¿Tienes la lancha a flote?

—Debe de estar, sí, señor.

—Pues bien; ven aquí y ayúdame a llevar a ella esto.

Don Fernando le señaló a la luz de un candil un bulto que descansaba en el zaguán de la casa, envuelto en un pedazo de lona y amarrado con cordeles.

—Es muy pesado, te lo advierto.

Efectivamente, al tratar de moverlo se vio que era casi imposible llevarlo al hombro. José pensó que era una caja de hierro.

—En hombros no podemos llevarlo, don Fernando. ¿No sería mejor que lo arrastremos poco a poco hasta la ribera?

—Como a ti te parezca.

Arrastráronlo, en efecto, fuera de la casa; apagó don Fernando el candil, cerró la puerta, y dándole vueltas, no con poco trabajo, lo llevaron lentamente hasta colocarlo cerca de la lancha. El señor de Meira iba taciturno y melancólico, sin despegar los labios. José le seguía el humor, pero sentía al propio tiempo bastante curiosidad por averiguar lo que aquella pesadísima caja contenía.

Fue necesario colocar dos mástiles desde el suelo a la lancha, y gracias a ellos hicieron rodar la caja hasta meterla a bordo. Entraron después, y con el mayor silencio posible se fueron apartando de las otras embarcaciones.

---

[81] Casa o sede del Ayuntamiento.

6

La noche era de luna, clara y hermosa; el mar, tranquilo y dormido como un lago; el ambiente, tibio como en estío. José empuñó dos remos, contra la voluntad del hidalgo, que pretendía tomar uno, y apoyándolos suavemente en el agua, se alejó de la tierra.

El señor de Meira iba sentado a popa, tan silencioso y taciturno como había salido de casa. José, tirando acompasadamente de los remos, le observaba con interés. Cuando estuvieron a unas dos millas de Rodillero, después de doblar la punta del Cuerno, don Fernando se puso en pie.

—Basta, José.

El marinero soltó los remos.

—Ayúdame a echar este bulto al agua.

José acudió a ayudarle; pero deseoso, cada vez más, de descubrir aquel extraño misterio, se atrevió a preguntar sonriendo:

—¿Supongo que no será dinero lo que usted echa al agua, don Fernando?

Éste, que se hallaba en cuclillas preparándose a levantar el bulto, suspendió de pronto la operación, se puso en pie y dijo:

—No, no es dinero... Es algo que vale más que el dinero... Me olvidaba de que tú tienes derecho a saber lo que es, puesto que me has hecho el favor de acompañarme.

—No se lo decía por eso, don Fernando. A mí no me importa nada lo que hay ahí dentro.

—Desátalo.

—De ningún modo, don Fernando. Yo no quiero que usted piense...

—¡Desátalo, te digo! —repitió el señor de Meira en un tono que no daba lugar a réplica.

Obedeció José, y después de separar la múltiple envoltura de lona que le cubría, descubrió, al cabo, el objeto. No era otra cosa que un trozo de piedra toscamente labrado.

—¿Qué es esto? —preguntó con asombro.

Don Fernando, con palabra arrastrada y cavernosa, respondió:

—El escudo de la casa de Meira.

Hubo después un silencio embarazoso. José no salía de su asombro y miraba de hito en hito al caballero, esperando alguna explicación; pero éste no se apresuraba a dársela. Con los brazos cruzados sobre el pecho y la cabeza doblada hacia adelante, contemplaba sin pestañear la piedra que el marinero acababa de poner al descubierto. Al fin dijo en voz baja y temblorosa:

—He vendido mi casa a don Anacleto..., porque un día u otro yo moriré, y ¿qué importa que pare en manos extrañas antes o después?... Pero se la vendí bajo la condición de arrancar de ella el escudo... Hace unos cuantos días que trabajo por las noches en separar la piedra de la pared... Al fin lo he conseguido...

Como don Fernando se callase después de pronunciar estas palabras, José se creyó en el caso de preguntarle:

—¿Y por qué lo echa usted al agua?

El anciano caballero le miró con ojos de indignación.

—¡Zambombo! ¿Quieres que el escudo de la gran casa de Meira esté sobre una fábrica de escabeche?

Y aplacándose de pronto añadió:

—Mira esas armas... repáralas bien... Desde el siglo xv están colocadas sobre la puerta de la casa de Meira... (no esta misma piedra, porque según se ha ido enlazando con otras casas fue necesario mudarla y poner en el escudo nuevos cuarteles, pero otra parecida). En el siglo pasado quedó definitivamente fijada con la alianza de los Meiras y los Mirandas... Son cinco cuarteles: el del centro es el de los Meiras. Está colocado en lo que se llama en heráldica *punto de honor*... Sus armas son: azur y banda de plata, con dragantes de oro; bordura de plata y ocho arminios de sable... Tu dirás —añadió don Fernando con sonrisa protectora—: ¿dónde están esos colores?... Es muy natural que lo preguntes, no teniendo nociones de heráldica... Los colores en la piedra se representan por medio de signos convencionales. El oro, míralo aquí en este cuartel, se representa por medio de puntitos trazados con buril; la plata, por un fondo liso y unido; el azur, por rayitas horizontales; los gules, por rayas perpendiculares, etc., etc...; es muy largo de explicar... Los Meiras se unieron primeramente a los Viedmas. Y aquí está su escudo en este primer cuartel de gules y una puente de plata de tres arcos, por los cuales corre un caudaloso río, y una torre de oro levantada en medio de la puente; bordura de plata y ocho cruces llenas de azur... Después se unieron a los Carrascos, y aquí tienes a la izquierda su cuartel, partido en dos partes iguales: la primera de plata y un león rampante de sable; la segunda de oro y un árbol terrazado y copado, con un pájaro puesto encima de la copa y un perro ladrante al pie del tronco... Ni el pájaro ni el perro se notan bien, porque los ha destruido la intemperie...; pero aquí están... Más tarde se unieron a los Angulos: su cuartel es de plata y cinco cuervos de sable puestos en sautor... Tampoco se notan bien los cuervos... Por último se unieron a los Mirandas, cuyo cuartel es de oro y un castillo de gules en abismo, sumado de un guerrero armado con alabarda, naciente de las almenas, acompañado de seis roeles de sinople y plata, puestos dos de cada lado y uno en la punta... Todo el escudo, como ves, está coronado por un casco de acero bruñido de cinco rejas.

Nada entendió el marinero del discurso del señor de Meira. Mirábale de hito en hito con asombro. El mar balanceaba suavemente la barca.

—De la casa de Meira —siguió don Fernando con voz enfática— han salido en todas las épocas

hijos muy esclarecidos, hombres muy califica-
dos... Demasiado sabrás tú que en el siglo XV
don Pedro de Meira fue comendador de Villaplana, en la Orden de Santiago, y que don Fran-
cisco fue jurado en Sevilla y procurador en las
Cortes de Toro. También sabrás que otro hijo
de la misma familia fue presidente del Consejo de
Italia: se llamaba don Rodrigo. Otro, llamado
don Diego, fue oidor de la Real Audiencia de la
ciudad de Méjico y después presidente de la de
Guadalajara. En el siglo pasado, don Álvaro de
Meira fue regidor de Oviedo y fundó en Sarrió
una colegiata y un colegio de primeras letras y
latinidad; bien lo sabrás.

José no sabía absolutamente nada de todo
aquello; pero asentía con la cabeza para compla-
cer al desgraciado caballero. Éste quedó repentinamente silencioso, y así estuvo buen rato, hasta que comenzó a decir, bajando mucho la voz y
con acento triste:

—Mi hermano mayor, Pepe, fue un perdido...,
bien lo sabrás...

En efecto, era lo único que José sabía de la
familia de Meira.

—Le arruinó una bailarina... Los pocos bienes
que a mí me habían tocado me los llevó amena-
zándome con casarse con ella si no se los cedía...
Yo, para salvar el honor de la casa, los cedí...
¿No te parece que hice bien?

José asintió otra vez.

—Desde entonces, José, ¡cuánto he sufrido!...,
¡cuánto he sufrido!

El hidalgo se pasó la mano por la frente con
abatimiento.

—La gran casa de Meira muere conmigo... Pero
no morirá deshonrada, José; ¡te lo juro!

Después de hacer este juramento, quedó de
nuevo silencioso en actitud melancólica. El mar
seguía meciendo la lancha. La luna rielaba su
pálida luz en el agua.

Al cabo de un largo espacio, don Fernando salió de su meditación, y volviendo sus ojos rasados de lágrimas hacia José, que le contemplaba con tristeza, le dijo lanzando un suspiro:

—Vamos allá... Suspende por ese lado la piedra, yo tendré por éste...

Entre uno y otro lograron apoyarla sobre el carel. Después don Fernando la dio un fuerte empujón. El escudo de la casa de Meira rompió el haz del agua con estrépito y se hundió en sus senos oscuros. Las gotas amargas que salpicó bañaron el rostro del anciano, confundiéndose con las lágrimas no menos amargas que en aquel instante vertía.

Quedóse algunos instantes inmóvil, con el cuerpo doblado sobre el carel, mirando al sitio por donde la piedra había desaparecido. Levantándose después dijo sordamente:

—Boga para tierra, José.

Y fue a sentarse de nuevo a la popa. El marinero comenzó a mover los remos sin decir palabra. Aunque no comprendía el dolor del hidalgo y andaba cerca de pensar, como los demás vecinos, que no estaba sano de la cabeza, al verle llorar sentía profunda lástima; no osaba turbar su triste enajenamiento. Mas el propósito de devolverle el dinero no se apartaba de su cabeza. Veía claramente que tal favor, en las circunstancias en que se hallaba don Fernando, era una verdadera locura. Le bullía el deseo de acometer el asunto, pero no sabía de qué manera comenzar; tres o cuatro veces tuvo la palabra en la punta de la lengua, y otras tantas la retiró por no parecerle adecuada. Finalmente, viéndose ya cerca de tierra, no halló traza mejor para salir del aprieto que sacar los diez mil reales del bolsillo y presentárselos al caballero, diciendo algo avergonzado:

—Don Fernando..., usted, por lo que veo, no está muy sobrado de dinero... Yo le agradezco mucho lo que quiere hacer por mí, pero no debo tomar esos cuartos haciéndole falta...

Don Fernando, con ademán descompuesto y soltando chispas de indignación por los ojos, le interrumpió gritando:

—¡Pendejo! ¡Zambombo! ¡Después que te hice el honor de confesarte mi ruina, me insultas! Guarda ese dinero ahora mismo o lo tiro al agua...

José comprendió que no había más remedio que guardarlo otra vez; y así lo hizo después de pedirle perdón por el supuesto insulto. Formó intención, no obstante, de vigilar para que nada le faltara y devolvérselo en la primera ocasión favorable.

Saltaron en tierra y se separaron como buenos amigos.

XII

Guardó el secreto de todo aquello José; así se lo había pedido con instancia don Fernando. Volvió éste a prometerle que se casaría con Elisa si ejecutaba punto por punto cuanto le ordenase, y le hizo creer que del sigilo con que se llevase el asunto pendía enteramente el suceso [82] de él.

Mediante la cantidad de seis reales cada día halló el buen caballero hospedaje, si no adecuado a la antigüedad y nobleza de su estirpe, suficiente para no perder la vida de hambre, como no había estado lejos de acontecer, según sabemos. Y, ¡caso raro!, desde que se vio con algunos cuartos en el bolsillo, subió todavía algunos palmos su orgullo nobiliario. Andaba por el pueblo con la cabeza erguida, el paso sosegado y firme, echando a los vecinos miradas muy más

---

[82] Éxito.

propias de la Edad Media que de nuestros días, saludando a las jóvenes con una sonrisa galante y protectora, como si aún ejerciese sobre ellas el ominoso derecho de pernada.

Dondequiera que la ocasión se ofrecía, brindaba a sus vasallos con alguna copa de vino, y a las vasallas con golosinas de la confitería. Pero hay que declarar, a fuer de verídicos, que los villanos y las villanas de Rodillero no aceptaban los favores de don Fernando con aquel respeto y sumisión con que sus mayores en otros tiempos recibían los desperdicios feudales de la gran casa de Meira; antes parecía que al beber vino y al tomar los confites lo hacían por pura condescendencia, por no herir la delicada susceptibilidad del hidalgo; y aun se advertía en todos ellos una cierta sonrisa de compasión, que a poderla ver hubiera hecho estremecerse en sus tumbas a todos los hijos de aquella ilustre casa, al comendador de Villaplana, al procurador de las Cortes de Toro, al presidente del Consejo de Italia, etcétera, etcétera. Y por si esta sonrisa de compasión no fuese bastante para ajar el prestigio de su linaje, los comentarios que se hacían a espaldas del caballero eran mucho más humillantes todavía: «Este pobre don Fernando se figura que catorce mil reales no concluyen nunca. ¡Cuánto mejor sería que con ese dinero pusiera una tiendecita y le sacase un rédito! Nada; se lo va a gastar en cuatro días, y luego vamos a tener que mantenerle de limosna.»

Elisa, una de las feudatarias más hermosas que el señor de Meira tenía en Rodillero, era asimismo una de las más rebeldes. En vano el noble señor se esforzaba en brindarla protección siempre que la hallaba al paso; en vano le ofreció repetidas veces un cartuchito de almendras traídas exprofeso de Sarrió; en vano desenvolvía con ella todos los recursos de la más refinada galantería, que recordaba los buenos tiempos de la casa de Austria. La linda zagala acogía aquellos homenajes con sonrisa dulce y benévola, donde no se advertía ni rastro de admiración o temor; y algunas veces, cuando los acatamientos * ceremoniosos y las frases melifluas subían de punto, hasta se vislumbraba detrás de sus ojos tristes y suaves cierta leve expresión de burla. La verdad es que la naturaleza no había secundado poco ni mucho las disposiciones feudales de don Fernando. Al verle con su cuerpecillo contrahecho delante de la figura elevada y gentil de Elisa, la imaginación más poderosa y amiga de forjarse quimeras no podría seguramente representarse al señor del castillo delante de una tímida villana.

Por dos o tres veces le había preguntado, rompiendo súbitamente el hilo de sus discreteos clásicos:

—¿Cuántos años tienes?

—Veinte.

La última vez le dijo:

—¿Tienes la fe de bautismo?

—Me parece que sí, señor.

—Pues tráemela mañana. ¡Pero cuidado que nadie sepa nada! Yo he resuelto que tú y José os caséis a la mayor brevedad.

Al escuchar estas palabras volvió a aparecer en los labios de Elisa aquella sonrisa benévola y compasiva de que hemos hecho mención, y al separarse del caballero, después de un rato de plática, no pudo menos de murmurar:

—¡Pobre don Fernando; qué rematado está!

Sin embargo, por consejo de José, que algo, aunque no mucho, fiaba en el poder de la casa de Meira, le llevó al día siguiente el documento. Nada se perdía con ello y se complacía al buen señor. La joven, que no tenía motivo alguno para fiar en aquel poder, como su novio, tomó el asunto en chanza.

---

* Alardes, en ediciones posteriores.

Lo que tomaba muy en serio era la maldición de la sacristana; cada día más. En su alma candorosa siempre había echado raíces la superstición. Al ver ahora la constancia implacable con que la suerte se empeñaba en estorbar su felicidad, era natural que lo achacase a una potencia oculta y misteriosa, la cual, bien considerado, no podía ser otra que la malquerencia de aquella bruja. Para deshacer o contrarrestar su poder acudía a menudo en oración al camarín del Santísimo Cristo de Rodillero, famosa imagen, encontrada en medio de la mar por unos pescadores hace algunos siglos.

Pero en vano fue que en poco tiempo le pusiera más de una docena de cirios y le rezase más de un millón de padrenuestros; en vano también que se ofreciese a pasar un día entero en el camarín sin probar bocado, y lo cumpliese: el Santísimo Cristo, o no la escuchaba, o quería experimentar aún más su fortaleza. El negocio de sus amores iba cada día peor. Pensando serenamente, podía decirse que estaba perdido: José cada vez más azotado por la desgracia; ella cada vez más sometida al yugo pesado de su madre, sin osar moverse sin su permiso ni replicarle palabra.

En tan triste situación, comenzó a acariciar la idea de desagraviar a la sacristana, y vencer de esta suerte el influjo desgraciado que pudiera tener en su vida. Lo primero que se le ocurrió fue que José le pidiese perdón, y repetidas veces se lo aconsejó con instancia; pero viendo que aquél se negaba resueltamente a ello, y conociendo su carácter tenaz y decidido, se determinó ella misma a humillarse.

Una tarde, a la hora de la siesta, dejando la casa sosegada, salióse sin ser vista y enderezó los pasos por el camino escarpado que conducía a la casa del sacristán, la cual estaba vecina de la iglesia, y una y otra apartadas bastante del pueblo, sobre una meseta que formaba hacia la mitad la montaña. Como iba tan preocupada y confusa, no vio a la madre de José, que estaba cortando tojo[83] para el horno no muy lejos del camino. Ésta levantó la cabeza y se dijo con sorpresa: «¡Calle! ¿Adónde irá Elisa a estas horas?»

Siguióla con la vista primero, y, llena de curiosidad, echó a andar en pos de ella para no perderla. Vio que se detenía a la puerta de la casa del sacristán, que llamaba y que entraba.

—¡Ah, grandísima pícara! —dijo con voz irritada—. ¡Conque eres uña y carne de la sacristana! ¡Ya me parecía a mí que con esa cara de mosquita muerta no podías ser cosa buena!... ¡Yo te arreglaré, buena pieza; yo te arreglaré!

Sólo porque Elisa entraba en casa de la sacristana, ya era uña y carne de ella. Esta falta de lógica siempre había sido característica de Teresa; la cólera ofuscaba enteramente el escaso juicio que Dios le había dado. Aparentaba despreciar la maldición de la sacristana y su orgullo salvaje la impulsaba a desatarse en insultos siempre que de ésta se hablaba. Pero, en realidad, no había en Rodillero quien creyese más a pie juntillas en tales hechicerías.

Salió Eugenia a recibir a la joven, y quedó grandemente sorprendida de su visita; pero al saber el objeto de ella, mostróse muy satisfecha y triunfante. Elisa se lo explicó ruborizada y balbuciendo. La sacristana, hinchándose hasta un grado indecible, se negó a otorgar su perdón mientras la misma Teresa y José no viniesen a pedírselo. En vano fue que Elisa se lo suplicase con lágrimas en los ojos; en vano que se arrojase a sus pies y con las manos cruzadas le pidiese misericordia. Nada pudo conseguir. La sacristana, gozándose en aquella humillación y casi creyendo en el poder sobrenatural que los sencillos pes-

---

[83] Arbusto espinoso, muy frecuente en Asturias.

cadores le atribuían, repetía siempre en actitud soberbia:

—No hay perdón, mientras la misma Teresa no venga a pedirlo de rodillas..., así, como tú estás ahora.

Elisa se retiró con el alma acongojada: bien comprendía que era de todo punto imposible decidir a la madre de su novio a dar este paso. Y viendo que la sacristana se negaba a levantarla, creyó aún con más firmeza en la virtud de su maldición.

Caminaba con paso vacilante, los ojos en el suelo, meditando en la desgracia que había acompañado siempre a sus amores. Sin duda, Dios no los quería, a juzgar por los obstáculos que sobre ellos había amontonado en poco tiempo. El camino por donde bajaba era revuelto y pendiente. De trecho en trecho tenía algunos espacios llanos a manera de descansos.

Al llegar a uno de ellos, salióle inopinadamente al encuentro Teresa. Como a pesar del desabrimiento de las dos familias nunca le había demostrado la madre de José antipatía, Elisa sonrió para saludarla; pero Teresa, acercándose, contestó al saludo con una terrible bofetada.

Al verse maltratada tan inesperadamente, la pobre Elisa quedó sobrecogida y en vez de defenderse, se llevó las manos a los ojos y rompió a sollozar * con gran sentimiento.

Teresa, después de este acto de barbarie, quedó a su vez suspensa y descontenta de sí misma: la actitud humilde y resignada de Elisa la sorprendió. Y para cohonestar su acción indigna, o por ventura para aturdirse y escapar al remordimiento, comenzó a vociferar, como tenía por costumbre, injuriando a su víctima.

—¡Anda, pícara, ve a reunirte otra vez con la sacristana¡ ¿Estás aprendiendo para bruja? Yo

---

* Llorar, en ediciones posteriores.

te regalaré el palo de la escoba. ¡Vaya, vaya, con la mosquita muerta! ¡Y cómo saca los pies de las alforjas! [84]. ¡Yo pensé que no necesitabas salir fuera de casa para aprender brujerías!

Tal efecto hicieron sobre la infeliz muchacha estos insultos injustificados después del golpe que, no pudiendo resistir a la emoción, se dejó caer desmayada al suelo. Esto acabó enteramente de desconcertar a la viuda; y por un impulso del corazón, muy natural en su carácter arrebatado, pasó repentinamente de la cólera a la compasión, y corriendo a sostener a Elisa en sus brazos comenzó a decirla al oído:

—¡Pobrecilla! ¡Pobrecilla! ¡No hagas caso de mí, pichona!... ¿Te he hecho daño verdad?... ¡Soy una loca! ¡Pobrecilla mía! ¡Pegarte, siendo tan buena y tan hermosa!... ¡Qué dirá mi José cuando lo sepa!

Y viendo que Elisa no volvía en sí, comenzó a mesarse el cabello con desesperación.

—¡Bestia, bestia! ¡No hay mujer más bestia que yo! ¡Santo Cristo bendito, ayúdame y socorre a esta niña!... ¡Elisa, Elisina, vuelve en ti, por Dios, mi corazón!

Pero la joven no acababa de salir del síncope. Teresa giraba la vista en torno buscando agua para echarle a la cara. Al fin, no viéndola por ninguna parte y no atreviéndose a dejar sola a Elisa, tomó el partido de levantarla en sus robustos brazos y llevarla a cuestas hasta una fuente que había algo más abajo. Cuando la hubo rociado las sienes con agua, recobró el conocimiento; la viuda se apresuró a besarla y pedirla perdón; pero aquellas vivas y extremadas caricias, en vez de tranquilizarla, estuvieron a punto de hacerla perder de nuevo el sentido; tanto la sorprendieron. Por fin, entre sollozos y lágrimas, pudo decir:

[84] Abandonar una postura comedida, insolentarse.

173

—Muchas gracias... Es usted muy buena...

—¡Qué he de ser buena! —prorrumpió Teresa con gran vehemencia—. Soy una loca rematada... La buena eres tú, mi palomita... ¿Estás bien?... ¿Te he hecho mucho daño?... ¡Qué dirá mi José cuando lo sepa!

—Fui a casa de la sacristana a pedirla que le levantase la maldición...

Teresa al oír esto comenzó otra vez a mesarse el cabello.

—¡Si soy una bestia! ¡Si soy una loca! Razón tienen en decir que debiera estar atada... ¡Pegar a esta criatura por hacerme un beneficio!

Fue necesario que Elisa la consolase, y sólo después de afirmar repetidas veces que no le había hecho daño alguno, que ya le había pasado el susto y que la perdonaba y la quería, logró calmarla.

En esto ya la joven se había levantado del suelo. Teresa le sacudió la ropa cuidadosamente, le enjugó las lágrimas con su delantal, y abrazándola y besándola con efusión gran número de veces, la fue acompañando por la calzada de la iglesia, llevándola abrazada por la cintura, hasta que dieron en el pueblo. Por el camino hablaron de José (¿de qué otra cosa podían hablar con más gusto para las dos?); Elisa manifestó a Teresa que, o se casaba con su hijo, o con ninguno. Ésta se mostró altamente satisfecha y lisonjeada de este cariño; se hicieron mutuas confidencias y revelaciones; se prometieron trabajar con alma y vida para que aquella unión se realizase, y, por último, al llegar al pueblo se despidieron muy cariñosamente. Teresa, todavía avergonzada de lo que había hecho, preguntó a la joven antes de separarse:

—¿No es verdad, Elisina, que me perdonas de corazón?

—¡Bah! —repuso ésta con sonrisa dulce y gra-

174

ciosa—. Si usted me ha pegado es porque puede hacerlo... ¿No soy ya su hija?

Teresa la abrazó de nuevo, llorando.

XIII

El suceso anterior, que pudo muy bien desbaratar los planes tenebrosos de la casa de Meira respecto a la suerte de Elisa y José, vino por su dichosa resolución a secundarlos. Porque a partir de este día se entabló una firme amistad entre Elisa y la madre de su novio, la cual procuraron ambas mantener oculta por necesidad; veíanse furtivamente, cambiábanse rápidamente la palabra y se daban recados de José y para José; las entrevistas de éste con la joven continuaban siendo en las horas más silenciosas de la noche. En el pensamiento de los tres estaba el escogitar los medios de realizar el apetecido matrimonio contra la voluntad de la maestra, pues ya estaban bien convencidos de que nada lograrían de ella. Elisa se representaba bien claramente que la causa de aquella ruda oposición no era otra que la avaricia, el disgusto de entregar los bienes que pertenecían a su difunto padre; pero no sólo no lo confesaba a nadie, sino que hacía esfuerzos por no creerlo y alejar de sí tal pensamiento, y aun se prometía muchas veces despojarse de su hacienda cuando llegase el caso, para no causar pesadumbre alguna a su madre.

Mas aunque en ella y en José tal pensamiento estuviese presente, no acertaban a dar un paso para ponerlo en vías de obra; la rudeza del pobre marinero y la supina ignorancia de las mujeres no les consentía ver en aquel asunto un solo rayo de luz. En esta ocasión, como en tantas otras durante la Edad Media, fue necesario que el castillo viniese en socorro del estado llano. La casa de Meira, sin que ellos lo supiesen, ni menos persona alguna de Rodillero, trabajaba en favor suyo silenciosamente, con el misterio y sigilo diplomáticos que ha caracterizado siempre a los grandes linajes, a los Atridas [85], a los Médicis [86], a los Austrias [87]. Más de media docena de veces había ido don Fernando a Sarrió y había vuelto sin que nadie se enterase del verdadero negocio que allá le llevaba: unas veces era para comprar aparejos de pesca, otras para encargarse unos zapatos, otras a ver un pariente enfermo, etcétera, etcétera; siempre mintiendo y engañando sutilmente a todo el mundo con un refinamiento verdaderamente florentino [88]. Lo mismo Teresa que Elisa no dejaban de advertir que la sombra del noble vástago las protegía; había señales ciertas para pensarlo: cuando cruzaba a su lado les dirigía hondas miradas de inteligencia acompañadas a veces de ciertos guiños inexplicables, otras de alguna palabra misteriosa, como «esperanza»; «los amigos velan»; «silencio y reserva»; y así por el estilo otras varias destinadas a conmoverlas y sobresaltarlas; pero ellas la mayor parte de las veces no se daban por entendidas, o porque no las entendieran realmente, o porque no concediesen a los manejos diplomáticos del caballero toda la importancia que tenían. Sólo José estaba al tanto de ellos en cierta manera, aunque no mucho confiaba en su eficacia.

Un día don Fernando le llamó a su posada, y presentándole un papel le dijo:

—Es necesario que firme Elisa este documento.

---

[85] Linaje de los héroes de Troya.
[86] Poderosa familia en la Florencia del Renacimiento.
[87] Emperadores de la Edad Moderna europea. Con estas y las anteriores alusiones se ironiza sobre la situación del hidalgo de Meira.
[88] Alusión a la riqueza y lujo de la Florencia del Renacimiento.

—Pero, ¿cómo?...

—Llévalo en el bolsillo. Provéete de un tintero de asta y una pluma..., y a la primera ocasión..., ¿entiendes?

—Sí, señor.

—Quedamos en eso.

Devuelto el papel al cabo de algunos días con la firma, el caballero le dijo:

—Es necesario que preguntes a Elisa si está dispuesta a todo; a desobedecer a su madre y a vivir fuera de su casa algunos meses, para casarse contigo.

Esta comisión fue de mucho mayor empeño y dificultad para el marinero. Elisa no podía decidirse a dar un paso tan atrevido. No el temor de cometer un pecado y faltar a sus deberes filiales la embarazaba, pues por el cura que la confesaba sabía que siendo la oposición de los padres irracional o fundada únicamente sobre motivos de intereses, estaba en su derecho faltando a la obediencia; pero siempre había vivido tan supeditada a su madre, tenía tantísimo miedo a su cólera fría y cruel, que la idea de aparecer en plena rebelión ante ella la aterraba. Fue necesario que pasasen muchos días, que José le suplicase infinitas veces hasta con lágrimas en los ojos, y que ella se persuadiese a que no había absolutamente otro recurso ni otro medio de salir de aquella angustiosa situación y alcanzar lo que tan ardientemente deseaba, para que al fin viniese a consentir en ello.

Noticioso el señor de Meira de esta concesión, dijo a José en el tono imperativo propio de su rango:

—Esta tarde ven a buscarme; tenemos que hacer juntos.

José inclinó la cabeza en testimonio de sumisión.

—¿Te encuentras resuelto a todo?

La misma señal de respeto.

—Perfectamente. No desmereces del alto concepto que de ti había formado. En los asuntos arduos es menester que se aúnen la diplomacia y el valor..., entiéndelo bien. Tal ha sido lo que caracterizó siempre a mi familia: prudencia y decisión. El adelantado [89] don Alonso de Revollar, un ascendiente mío por la línea femenina, pasó en su época, y durante la guerra de América, por un consumado diplomático; y, sin embargo, esto no dañaba poco ni mucho su valor, que en ocasiones rayó en temeridad.

—¿Y a qué hora quiere que vaya a buscarle? —preguntó José, temiendo con razón que el caballero se descarriase, como solía acontecer.

—Después de comer... a la una.

—Pues con su permiso, don Fernando...; tengo que componer una red...

—Bien, bien; hasta la vista.

A la hora indicada fue el marinero a la posada del señor de Meira; al poco rato salieron juntos y enderezaron los pasos por la calle abajo en dirección de la ribera. Antes de llegar a ella, don Fernando se detuvo delante de una casa algo más decente que las contiguas.

—Alto; vamos a entrar aquí.

—¿En casa de don Cipriano?

—En casa de don Cipriano.

El señor de Meira llamó a la puerta y preguntó si se podía ver al señor juez municipal. La vieja que les salió a abrir, hermana de éste, les dijo que estaba durmiendo la siesta. Don Fernando insistió: era un negocio urgente. La vieja, malhumorada y gruñendo, porque estaba lejos de reconocer en el señor de Meira derechos señoriales, se fue al cabo a despertar a su hermano.

Don Cipriano, a quien ya tenemos el honor de

---

[89] Gobernador militar y político de una provincia fronteriza en la Edad Media. El cargo pasó a las Indias durante los tiempos de la Conquista y la primera población de América.

178

conocer, por haberle visto en la tienda de la maestra, les recibió afablemente, aunque mostrando sorpresa.

—¿Qué hay de nuevo, don Fernando?

Éste sacó del bolsillo de su raidísima levita un papel, lo desdobló con lentitud académica y lo presentó gravemente al juez.

—¿Qué es esto?

—Una solicitud de doña Elisa Vega pidiendo que se la saque del poder de su madre y se la deposite[90] con arreglo a la ley para contraer matrimonio.

Don Cipriano dio un salto atrás.

—¿Cómo..., Elisita... la hija de la maestra?

Don Fernando inclinó la cabeza en señal de asentimiento.

El juez municipal se apresuró a coger las gafas de plata que tenía sobre la mesa y a ponérselas para leer el documento.

La lectura fue larga, porque don Cipriano, en achaque de letras, se había andado toda su vida con pies de plomo. Mientras duró, José tenía los ojos clavados ansiosamente en él.

El señor de Meira se acariciaba distraídamente su luenga perilla blanca.

—¡No sospechaba esto! —exclamó el juez levantando al fin la cabeza—. Y a la verdad no puedo menos de confesar que lo siento... porque al cabo, la maestra y su marido son amigos... y van a llevar un disgusto grande... ¿Ha escrito usted esta solicitud, don Fernando?

—¿Está en regla, señor juez? —respondió éste gravemente.

—Sí, señor.

---

[90] Situar judicialmente a una persona en lugar donde sea libre de manifestar su voluntad, habiéndola sacado antes de su casa, en que se sospecha pueda ejercerse violencia sobre ella. Se ejerce este acto especialmente con la mujer mayor de edad cuyos padres se oponen a la boda, como en el caso de Elisa.

—Pues basta; no hay necesidad de más.

Don Cipriano se puso pálido; después rojo. No había hombre de más extraña susceptibilidad en todo el mundo: una mirada le hería; una palabra le ponía fuera de sí. Pensó que don Fernando había querido darle una lección de delicadeza y se inmutó notablemente.

—Señor don Fernando, yo no pretendía... Esas palabras... Me parece...

—No ha sido mi ánimo ofender a usted, señor juez. Quería solamente hacer constar mis derechos a callarme delante del funcionario... Por lo demás, usted es mi amigo hace tiempo y he tenido siempre un gran placer en tenderle mi mano. Basta que usted haya pertenecido a los ejércitos de su majestad, para que sea acreedor a la más alta consideración por parte de todos los hombres bien nacidos.

El tono y la actitud con que don Fernando pronunció estas palabras debía semejar mucho al que usaban en tiempos remotos los nobles al dirigirse a algún miembro del estado llano, cuando éste entró a deliberar con ellos en los negocios del gobierno. Pero don Cipriano, que no estaba al tanto de estos ademanes puramente históricos, en vez de ofenderse más, se tranquilizó repentinamente.

—Gracias, don Fernando..., muchas gracias. Como yo aprecio tanto a esa familia...

—Yo la aprecio también. Pero vamos al caso: Elisa se quiere casar con este muchacho; su madre se lo impide sin razón alguna..., porque es pobre, tal vez..., o tal vez (esto no lo afirmo, lo doy como hipótesis) por no entregar la herencia del difunto Vega, con la cual comercia y se lucra. No hay otro medio que acudir pidiendo protección a la ley; y la muchacha ha acudido.

—Está muy bien. Ahora lo que procede es que yo vaya a preguntar a la chica si se ratifica en lo que aquí demanda. En caso afirmativo, procederemos al depósito.

—¿Y cuándo?

—Hoy mismo... Esta misma tarde, si ustedes quieren.

—Por la tarde, señor juez —apuntó José—, se va a enterar todo el pueblo y habrá un escándalo... Si usted quisiera dejarlo para después que oscurezca...

—Como quieras; a mí me es igual. Pero te advierto que es necesaria la presencia del secretario, y está hoy en Peñascosa.

—Don Telesforo estará aquí entre luz y luz —dijo el señor de Meira.

—Entonces no tengo nada que objetar. Al oscurecer les espero a ustedes.

—Ahora, don Cipriano —dijo el señor de Meira inclinándose gravemente—, yo espero que nada se sabrá de lo que ha pasado aquí...

—¿Qué quiere usted decir con eso, don Fernando? —preguntó el juez poniéndose otra vez pálido.

Don Fernando sonrió con benevolencia.

—Nada que pueda ofender a usted, señor juez... Usted es un hombre de honor y no necesita que le recomienden el secreto en los negocios que lo exigen. Quería decir únicamente que en este asunto necesitamos el mayor sigilo; que nadie sospeche nuestro propósito, ni se trasluzca absolutamente nada.

—Eso es otra cosa —repuso don Cipriano sosegándose.

—Quedamos, pues, en que después que anochezca nos espera usted, ¿no es eso?

—Sí, señor.

—Hasta la vista, entonces.

El prócer alargó su mano al representante del tercer estamento.

—Adiós, don Fernando; adiós, José.

Así que cerró la noche, una noche de agosto calurosa y estrellada, don Fernando, don Telesforo (que había llegado oportunamente pocos momentos antes) y José se dirigieron otra vez a casa del juez; subió don Telesforo únicamente; aguardaron a la puerta el noble y el marinero; al poco rato salió don Cipriano acompañado de cerca por su notable bastón con puño de oro y borlas, y algo más lejos por el secretario del Juzgado. Los cuatro, después de cambiar un saludo amical en tono de falsete, enderezaron los pasos silenciosamente por la calle arriba en dirección a la casa del maestro.

Las tabernas estaban, como siempre a tal hora, atestadas de gente: por sus puertas abiertas se escapaba la luz y rumor confuso y desagradable de voces y juramentos; nuestros amigos se alejaban de ellas cuanto podían para no ser notados. El pobre José iba temblando de miedo: él, tan sereno y tan bravo ante los golpes de mar, sentía encogérsele el corazón y doblársele las piernas al imaginar cómo se pondría la maestra viéndose burlada. Más de veinte veces estuvo para huir, dejar que aquellos señores desempeñasen su tarea solos; pero siempre le detenía la idea de que Elisa iba a necesitar de su presencia para animarse. ¿Cómo estaría la pobrecilla en aquel momento? Al preguntarse esto José tomaba fuerzas y seguía caminando quedo en pos de los tres ancianos.

Cuando llegaron frente a la casa de la maestra, el juez se detuvo y les dijo bajando cuanto pudo la voz:

—Ahora voy a entrar yo solamente con don Telesforo. Usted, don Fernando, puede quedarse con José cerca de la puerta, por si hacen falta para dar valor a la chica.

Asintió el marinero de todo corazón, pues en aquel instante podía ahogársele con un cabello [91]. Don Cipriano y don Telesforo se apartaron de

---

[91] Estar acongojado, muy asustado.

ellos; la luz de la tienda les iluminó por un momento: entraron. Un estremecimiento de susto y pavor sacudió fuertemente el cuerpo de José.

XIV

En la tienda de la maestra se habían congregado, como todas las noches a primera hora, unos cuantos marineros y algunas mujerucas, que rendían parias [92] a la riqueza y a la importancia de la señá Isabel: estaban, además, el cabo de mar y un maragato que traficaba con el escabeche. La tertulia se mantenía silenciosa y pendiente de los labios del venerable don Claudio, el cual, sentado detrás del mostrador en un antiguo sillón de vaqueta [93], leía en alta voz a la luz del velón por un libro manoseado y grasiento.

Era costumbre entre ellos solazarse en las noches de invierno con la lectura de algunas novelas: las mujeres, particularmente, gozaban mucho siguiendo sus peripecias dolorosas. Porque era siempre una historia tristísima la que se narraba, y si no los tertulianos se aburrían: una esposa abandonada de su marido, que a fuerza de paciencia y dulzura consigue traerle de nuevo a sus brazos; las aventuras de un niño expósito, que al fin resulta hijo de un duque o cosa que lo valga; los trabajos de dos enamorados a quienes la suerte persigue cruelmente muchos años. Había dos o tres docenas de estas novelas en Rodillero, que habían dado ya varias veces la vuelta al pueblo, siempre con el mismo éxito lisonjero y con un poquito más de grasa cada día en sus folios: to-

[92] Tributo que pagaba un soberano a otro. Aquí se usa humorísticamente.
[93] Sillón amplio, con asiento y brazos de cuero de ternera.

das «concluían bien»: era requisito indispensable. Don Claudio, que era muy sensible a las desgracias narradas y solía llorar con ellas, cuando estaba constipado nunca dejaba de proponer que se leyese, con objeto de desahogar un poco la cabeza.

Titulábase la novela que ahora tenía entre las manos *Maclovia y Federico o Las minas del Tirol* [94]. Era una relación conmovedora de las desdichas de dos amantes que, habiendo nacido en egregia cuna, por el rigor de sus padres se ven precisados a ganarse el sustento con las manos. Federico y Maclovia se casan en secreto: el padre de ésta, que es un príncipe de malísimas pulgas, los persigue; huyen ellos, y Federico entra de bracero en una mina; su joven esposa le sigue con admirable valor; tienen un hijo; padecen mil dolores e injusticias; al fin el príncipe se ablanda y los redime de tanta desgracia, llevándolos en triunfo a su palacio. Las mujerucas, y hasta los hombres, estaban sumamente interesados y ansiaban saber en qué paraba. De vez en cuando alguna de aquéllas exclama en tono lastimero:

—¡Ay, pobrecita mía; cuánto pasó!

La compasión era siempre para el elemento femenino de la obra.

La señá Isabel cosía, como de costumbre, detrás del mostrador al lado de su fiel esposo. No parecía muy apenada por las desgracias de los jóvenes amantes. Elisa también estaba sentada cosiendo; pero a menudo se levantaba de la silla con distintos pretextos, descubriendo cierta inquietud que desde luego llamó la atención de la sagaz maestra.

—¡Pero muchacha, hoy tienes azogue!

No azogue, sino miedo y muy grande tenía la pobre. ¡Cuántas veces se arrepintió de haber ce-

[94] De Louise Brayer de Saint-León, trad. de D. J. S. Y., Madrid, 1808. Se hicieron otras ediciones: Valencia, 1816; París, 1842; Barcelona, 1842.

dido a los ruegos de José! Pensando en lo que iba a suceder aquella noche sentía escalofríos; el corazón le bailaba dentro del pecho con tal celeridad, que se extrañaba de que los demás no lo advirtiesen. Había rezado ya a todos los santos del cielo y les había prometido mil sacrificios si la sacaban con bien de aquel aprieto. «¡Dios mío —solía decirse—, que no vengan!» Y a cada instante dirigía miradas de terror a la puerta. La señá Isabel observó que unas veces estaba descolorida y otras roja como una amapola.

—Oyes, Elisa; tú estás enferma...

—Sí, madre; me siento mal —repuso ella vislumbrando con alegría la idea de marcharse.

—Pues anda, vete a la cama; será principio de un catarro.

La joven no lo quiso ver mejor, y soltando la obra que tenía en las manos, desapareció rápidamente por la puertecilla de la trastienda. Subió la escalera a saltos como si huyese de un peligro inminente; pero al llegar a la sala quedó petrificada oyendo en la tienda la voz de don Cipriano.

En efecto, éste y don Telesforo entraban en aquel instante.

—Buenas noches, señores.

—Buenas noches —contestaron todos.

La maestra quedó muy sorprendida, porque don Telesforo hacía bastante tiempo que estaba reñido con ella y no frecuentaba la tienda. Después de un momento de silencio algo embarazoso, don Cipriano preguntó con amabilidad:

—¿Y Elisita?

—Ahora se ha ido a la cama: se siente un poco mal —repuso la señá Isabel.

—Pues necesito hablar con ella dos palabritas —replicó el juez apelando siempre a los diminutivos.

La maestra se puso terriblemente pálida, porque adivinó la verdad.

—Bueno, la llamaré —dijo con voz opaca levantándose de la silla.

—No es necesario que usted la moleste; yo subiré, si es que no se ha acostado.

—Subiremos cuando usted quiera...

El juez extendió la mano como para detenerla, diciendo:

—Permítame usted, señora Isabel... El negocio que vamos a tratar es reservado... El único que debe subir conmigo es don Telesforo.

La maestra le clavó una mirada siniestra. Don Cipriano se puso un poco colorado.

—Yo lo siento mucho, señora, pero es necesario...

Y por no sufrir más tiempo los ojos de la vieja, se apresuró a subir a la casa, seguido del secretario.

El venerable don Claudio, prodigiosamente afectado con aquella escena, dejó caer al suelo a la desdichada *Maclovia*, y ya no se acordó de recogerla. Abría los ojos de tal modo, mirando a su mujer, que era un milagro del cielo el que no se le escapasen de las órbitas. La maestra, inmóvil, clavada al suelo en el mismo sitio en que la había dejado don Cipriano, no perdía de vista la puerta por donde éste había salido.

—Vamos —dijo al fin con ira concentrada, pasándose la mano por el rostro—; la niña está en el celo [95]; hay que casarla a escape.

—¿Cómo casarla? —preguntó don Claudio.

Su mujer le echó una mirada de desprecio, y volviéndose a los circunstantes que estaban pasmados sin saber lo que era aquello, añadió:

—¿Qué, no se han enterado ustedes todavía?...

---

[95] Estado de exacerbación del apetito sexual en los animales. Aquí, aplicado a la muchacha, resulta un calificativo fuerte y es una muestra de la sumisión de Palacio Valdés al naturalismo, aunque lo ponga en boca de un personaje popular.

Pues está bien claro; que ese perdido de la viuda necesita cuartos, y quiere llevarme a Elisa.

José oyó perfectamente estas palabras, y se estremeció como si le hubieran pinchado. Don Fernando trató de sosegarlo, poniéndole una mano sobre el hombro; pero él mismo estaba muy lejos de hallarse tranquilo; por más que se atusaba gravemente su luenga perilla blanca hasta arrancársela, la procesión le andaba por dentro.

—Yo creía —dijo uno de los tertulios— que eso había concluido hacía ya mucho tiempo.

—En la apariencia, sí —contestó la maestra—; pero ya ven ustedes cómo se las ha arreglado ese borrachín para engatusarla otra vez.

—Pero ese es un acto de rebelión por parte de Elisa, que merece un castigo ejemplar —saltó don Claudio—. Yo la encerraría en la bodega y la tendría quince días a pan y agua.

—Y yo te encerraría a ti en la cuadra por borrico —dijo la señá Isabel, descargando sobre su consorte el fardo de cólera que la abrumaba.

—¡Mujer!... Esa severidad... ¿a qué conduce?... Me parece que te ha cegado la pasión en este momento.

El rostro del maestro al proferir estas palabras reflejaba la indignación y el miedo a un mismo tiempo, y guardaba, aunque no esté bien el decirlo, más semejanza que nunca con el de un perro dogo.

Su esposa, sin hacerle caso alguno, siguió hablando con aparente calma.

—¡Vaya, ya se le contentó el antojo a la viuda!... Hay que alegrarse, porque si no, el día menos pensado se queda en un patatús.

—Pero ¡quién había de decir que una chica tan buena como Elisa!... —exclamó una de las mujerucas.

—A la pobre le han llenado la cabeza de viento —dijo la maestra—. Se figura que hay en casa torres y montones y que todos son de ella... ¡No se van a llevar mal chasco ella y su galán!

—Señora Isabel —dijo el juez, que bajaba en aquel momento—, Elisa ha solicitado el depósito para casarse, y acaba de ratificarse en su petición... No me queda más remedio que decretarlo... Siento en el alma darle este disgusto..., pero la ley... Yo no puedo menos.

La maestra, después de mirarle fijamente, hizo un gesto despreciativo con los labios.

—No se disguste usted, don Cipriano, que va a enfermar.

Una ola formidable de sangre subió al rostro del susceptible funcionario.

—Señora, tenga usted presente con quién habla.

—Con el hijo de Pepa la panadera —dijo ella bajando la voz y volviéndole la espalda.

El capitán don Cipriano era hijo, en efecto, de una humilde panadera, y había ascendido desde soldado: no era de los que ocultasen su origen, ni se creía deshonrado por esto; mas el tono de desprecio con que la maestra pronunció aquellas palabras le hirió tan profundamente, que no pudo articular ninguna. Después de mover varias veces los labios sin producir sonido alguno, al fin rompió, diciendo en voz temblorosa:

—Cállese usted, mala lengua..., o por vida de Dios, que la llevo a usted a la cárcel.

La maestra no contestó, temiendo sin duda que el juez exasperado cumpliese la amenaza; se contentó con reírse frente a sus tertulios.

Don Cipriano, repuesto de su emoción dolorosa. o convaleciente, por lo menos, dijo con acento imperativo:

—A ver... designe usted la persona que ha de encargarse de su hija mientras permanezca en depósito.

La maestra volvió la cabeza, le miró otra vez con desdén y se puso a cantar frente a sus amigas:

188

Tan tarantán, los higos son verdes[96].

Viendo lo cual don Cipriano, dijo con más imperio aún:

—Venga usted acá, don Telesforo... Certifique usted ahora mismo que la señora no ha querido designar persona que se encargue de tener a su hija en casa mientras esté depositada.

Después de dar esta orden salió de la tienda y se fue al portal: allí estaba Elisa a oscuras y temblando de miedo. Cuando hubo hablado con ella algunas palabras, volvió a entrar.

—En uso de la facultad que la ley me concede, designo a doña Rafaela Morán, madrina de la interesada, para que la tenga en su poder hasta que cese el depósito.

Mientras don Telesforo extendía estas diligencias, los marineros y las mujerucas comenzaron a consolar a la señá Isabel, y a poner infinitos comentarios y glosas a la escena que se estaba efectuando; repuestos de la sorpresa que les había producido, se les desató la lengua de forma que la tienda parecía un gallinero.

—Pero ¡cómo se atrevería esa chica a dar un paso semejante! —decía uno.

—Después de todo, ¿qué se va a hacer?... Hay que tomarlo con calma, señá Isabel... —decía una vieja que no le pesaba nada del disgusto que la maestra padecía.

—Por mí, si estuviera en su lugar —decía otra a quien le pesaba mucho menos— no me disgustaría poco ni mucho... Que la niña se quiere marchar de casa... ¡Vaya bendita de Dios!... Con darle lo que es suyo, estamos en paz.

La maestra la echó una rápida mirada de ira. La vieja sonrió con el borde de los labios: ya sabía que había herido en lo más vivo.

---

[96] Ritmo típico del folklore musical asturiano. Es el endecasílabo anapéstico (dos sílabas breves y una larga).

—Lo peor de todo es el ejemplo, don Claudio —dijo el maragato.

—Tiene usted razón, ¡el ejemplo!, ¡el ejemplo! —exclamó aquél elevando al cielo los ojos y las manos.

—A mí me daba en la nariz que Elisa tenía algún secreto —apuntó un marinero anciano—. Por dos veces la vi hablando con don Fernando de Meira, camino del monte de San Esteban, y noté que en cuanto me atisbaron echaron a correr, uno para un lado y otro para otro.

—Pues otra cosa me pasó a mí —dijo el cabo de mar—. Iba una tarde hacia Peñascosa, y a poco más de media milla de aquí encontré a don Fernando en gran conversación con Elisa, y noté que acababa de separarse de ellos la viuda de Ramón de la Puente.

—¡Ya me parecía que aquí había de andar la mano del señor de la gran casa de m...! [97] —exclamó la maestra.

Oyendo aquel grosero y feroz insulto, don Fernando no pudo contenerse y entró como un huracán por la puerta de la tienda, con las mejillas pálidas y los ojos centellantes.

—¡Oiga usted, grandísima pendeja [98]; enjuáguese usted la boca antes de hablar de la casa de Meira!

—¡No lo dije yo! —exclamó la maestra soltando al mismo tiempo una carcajada estridente—. ¡Ya apareció el marqués de los calzones rotos! —Y encarándose con él, añadió sarcásticamente—: ¿Cuántos zoquetes de pan le han dado, señor marqués, por encargarse de este negocio?

Los tertulios rieron. El pobre caballero quedó anonadado; la cólera y la indignación se le subieron a la garganta, y en poco estuvo que no le

---

[97] El novelista elude escribir la palabra completa. Aquí le vemos reacio a seguir los modos naturalistas.
[98] Cobarde o pusilánime.

ahogasen; comprendió que era imposible luchar con la desvergüenza y procacidad de aquella mujer, y se salió de la tienda pálido y convulso. Pero la maestra, viendo que se le escapaba la presa, le gritó:

—¡Ande usted, pobretón! Le habrán llenado la panza para servir de pantalla, ¿verdad? Ande, váyase y no vuelva, ¡gorrón!, ¡pegote!, chupón! [99].

El noble señor de Meira, al recibir por la espalda aquella granizada de injurias, se volvió, agitó los puños y tuvo fuerzas para preguntar:

—¿Pero no hay quien clave un hierro candente en la lengua a esa infame mujer?

Al decir esto recordaba, sin duda, los terribles castigos que sus antepasados infligían a los villanos insolentes. Pero en la tienda, estas aterradoras palabras fueron acogidas con una risotada general.

Don Telesforo, en tanto, había concluido de escribir. El juez, cada vez más ofendido con la maestra, dijo al secretario:

—Haga usted el favor de notificar a la madre de la joven que debe entregar la cama y la ropa de su uso.

—Yo no entrego nada, porque lo que hay en casa es mío —dijo la vieja poniéndose muy seria.

—Dígale usted a la señora —continuó el juez, dirigiéndose a don Telesforo— que eso ya se verá; por lo pronto, que entregue la cama y la ropa que la ley concede a la depositada.

—Pues yo no entrego nada.

—¡Pues se lo tomaremos! —exclamó don Cipriano exasperado—. A ver: dos de ustedes que vengan conmigo a servir de testigos...

Y señalando a un par de marineros, les obligó a subir con él al cuarto de Elisa. Ésta sollozaba en el portal escuchando con terror los atroces in-

---

[99] Tres epítetos que se aplican al que come sin pagar o se aprovecha de algo.

sultos que a ella, a su novio y a la familia de éste
lanzaba su madre, dando vueltas por la tienda
como una fiera.

Al cabo de un instante bajó don Cipriano.

—Elisa, sube conmigo a señalar tu ropa.

—¡Por Dios, señor juez! ¡Déjeme usted, por
Dios! No quiero llevarme nada...

Don Cipriano, respetando el dolor de la joven
y su delicadeza, no quiso insistir. Pero se fue a la
calle en busca de José, le llevó arriba y le hizo
cargar con la ropa y la cama de Elisa. Después
sacó a ésta del portal, la colocó entre don Fernando de Meira y él, y se dirigieron a casa de la
madrina escoltados por el secretario y algunas
mujeres y marineros que se habían juntado a la
puerta de la tienda. José marchaba delante tro-
tando con su grata carga.

XV

Transcurrieron los tres meses que la ley señala
para esperar el consejo paterno. No se pasaron
tan alegres como podía presumirse. Elisa no estaba contenta en casa de su madrina: era una
vieja egoísta e impertinente que no cesaba en
todo el día de reñir con las gallinas, con el cerdo
y con los gatos. Acostumbrada a este gruñir y
rezar constante, pronto consideró a su ahijada
como uno de tantos animales domésticos, y le pro-
digó los mismos discursos: de vez en cuando le
echaba en cara directa o indirectamente el favor
que la hacía; favor que la joven había prometido
pagar cuando estuviese en posesión de sus bienes.
Además, la rebelión contra su madre la traía pe-
sarosa; sentía remordimientos; lloraba a menudo. Más de una vez se sintió tentada a volverse a
casa, echarse a los pies de señá Isabel y pedirle

192

perdón. José la sostenía con su pasión enérgica y dulce a la par en estos momentos de flaqueza, tan propios en una hija buena y sencilla.

No salía apenas a la calle: sólo a la hora del oscurecer, cuando su novio venía de la mar, hablaba algunos cortos instantes con él a la puerta de casa, delante de su madrina, quien no se alejaba un punto de ellos, más por el gusto de estorbarles que para guardar a su ahijada. Tal vez que otra, muy rara, salían de paseo los tres por algún camino extraviado, de suerte que nadie los viese: la inocente muchacha imaginaba que su conducta era juzgada severamente en Rodillero, y que todos la reprobaban. No era verdad: los vecinos del lugar, sin faltar uno, hallaban justificada su resolución, y se habían alegrado no poco de ella: la maestra era generalmente odiada.

Hubo un suceso también que les impresionó dolorosamente, lo mismo a ella que a José, y que hizo bastante ruido en el pueblo. Don Fernando de la casa de Meira había desaparecido de Rodillero pocos días después de haber depositado a Elisa; de nadie se despidió, y nadie supo a dónde se había dirigido. Todas las indagaciones que se hicieron para averiguar su paradero fueron infructuosas. José experimentó un gran disgusto. Precisamente tenía ya ahorrados de la costera del bonito cerca de tres mil reales, que pensaba darle en seguida a cuenta de los diez mil que de él había recibido, figurándose, no sin razón, que los dineros con que se había quedado de los catorce mil que don Anacleto le había pagado por la casa, andarían muy cerca de concluirse. Volvíase loco pensando que acaso hostigado por la necesidad, y no queriendo de vergüenza pedirle nada, se habría huido por el mundo el buen caballero a quien tantos favores debía. Salió expeditamente él mismo en su busca, abandonando para ello lancha y trabajo; pero después de recorrer durante cuatro días todos los contornos y haber extendido la excursión a varios puntos distantes de la provincia, preguntando en todos los parajes, vióse necesitado a regresar sin saber nada. Esto le tenía muy apesadumbrado.

La costera del bonito había sido tan buena aquel año como el anterior; la lancha que José había comprado a un armador vizcaíno trabajó admirablemente todo el verano. La compaña, en la cual figuraban como antes el satírico Bernardo y el tremendo Corsario, estaba contentísima, no sólo por las ganancias que percibía, sino por ver al pobre José, a quien todos apreciaban de veras, al cabo de sus desgracias y en vísperas de ser feliz. Repetíase sin notables variantes lo que pasaba en el comienzo de esta historia: Bernardo embromaba a sus compañeros, y en particular al Corsario, con faramallas [100] divertidas como la de la piedra de marras; José no salía tampoco ileso de ellas. A menudo le preguntaba: —«Pero ¿cuándo vemos esa comedia, muchacho? Mira tú que se van a marchar los cómicos»—. Todos estaban al tanto de lo que aquello significaba, y reían, recordando la promesa que José les había hecho el año anterior, de darles dinero el día de su matrimonio para ir a Sarrió a ver una función de teatro. La única diferencia, y de ello no les pesaba nada, era que este año había mucha sardina: los viejos, mientras ellos corrían por la altura aferrando bonitos, se mantenían cerca de la costa, con las barcas chicas, y mañana y tarde solían volver a casa cargados de pescado. En pocos meses había entrado mucho dinero en el pueblo: las fábricas de escabeche funcionaban noche y día; no se veían por la calle sino maragatos y carros atestados de barriles. El cuerno de la abundancia se había vaciado de golpe sobre Rodillero. Y, como sucedía siempre en tales casos, en vez de separar

---

[100] Charla o broma, no maliciosa, para engañar a alguien.

una parte de las ganancias para comer en los días de miseria, todas se invertían en las tabernas y en el mercado. Entre los pescadores no se conoce apenas el ahorro; hay disculpa para ello: el peligro constante en que viven les arranca la facultad de prever, que tan desarrollada está entre los campesinos; el trabajo rudo y sombrío a que se entregan les hace apetecer con ansia los momentos de expansión y la alegría ruidosa que el vino comunica.

Sucedió lo que era de esperar: en pos de los bienes, los males. Terminada la costera del bonito, y también casi dando las boqueadas la de la sardina, quedaron las lanchas paradas algún tiempo esperando la merluza y el congrio. Los marineros, durante este tiempo de holganza, vivían en las tabernas o se paseaban en pandillas, según su costumbre, por las riberas de la mar, escrutando y dando su opinión sobre las velas que cruzaban por el horizonte. En estos días se comieron lo que les restaba de los pingües[101] quiñones del verano.

Pero el invierno no se presentó benigno. Cuando empezaron a salir al congrio y la merluza, volvían la mayor parte de los días sin nada o con muy poco pescado. Además, en varias ocasiones sintieron algunos latigazos del Noroeste, que les puso en cuidado. Dejaron entonces de pescar, y aguardaron que llegase la época propicia para el besugo. El mes de diciembre siguió aún más rudo y tornadizo que el de noviembre. Mas como no había otro remedio que ir a la mar, bajo pena de morirse de hambre o salir a pedir limosna por las aldeas, cosa que solamente hacían en el último aprieto, comenzaron a trabajar en la pesca del besugo, aunque recelosos y prevenidos para cualquier evento. El tiempo fue de mal en peor: algunos días serenos llegaban que les hacían conce-

---

[101] Graso y, por extensión, abundante.

bir esperanzas de mejoría; pero al instante se cambiaba y volvía a mostrarse con cariz feo y huraño. Cierta especie propalada por el lugar les infundió aún más recelo; se decía que un muchacho había visto varias noches salir de la ribera tres de las lanchas, tripuladas por hombres vestidos de blanco, y que al cabo de dos o tres horas las veía entrar de nuevo solas. No es fácil representarse el terror que esta noticia produjo en el pueblo, sobre todo entre las mujeres; los hombres también estaban tristes y medrosos, pero lo disimulaban.

A la general tristeza que en el pueblo reinaba, y de la cual participaban, no en pequeña porción, Elisa y José, se añadió para éstos una desgracia que les conmovió hondamente: se supo de modo evidente que don Fernando de Meira había sido encontrado muerto en un camino de sierra, allá hacia la montaña de León. Se dio por supuesto entre los vecinos que el caballero iría a buscar dinero a réditos por la noche, según su costumbre, y se habría matado de una caída. Pero algunos, sin respeto a la memoria del comendador de Villaplana, del procurador de las Cortes de Toro, del presidente del Consejo de Italia y del oidor de la audiencia de Méjico, aseguraban que don Fernando iba pidiendo limosna y se había muerto de hambre y de frío. Sea de esto lo que quiera, su muerte causó en todo el pueblo triste impresión, porque era universalmente querido. Elisa le lloró como a un padre, y José anduvo muchos días caviloso y taciturno. Pero al cabo, los preparativos de boda consiguieron secar las lágrimas de ambos y ocupar exclusivamente su atención. Habían pensado casarse en los primeros días de diciembre. Mas no fue posible por algunas dificultades que el cura puso y necesitaron vencer; y también porque no hallaron casa. José no quería de modo alguno vivir con su madre, pues conociéndole el genio, sabía que Elisa iba a tener disgustos, por más que aquélla ya la amase entrañablemente. Quedó aplazado el matrimonio para año nuevo. Los preliminares, tan sabrosos siempre para los enamorados, no lo fueron tanto en esta ocasión por las particulares circunstancias en que se hallaban y por la atmósfera de tristeza que pesaba sobre el pueblo.

El tiempo vino tan recio y la desconfianza de la marinería era tanta, que, reunidos los patrones de las lanchas, acordaron velar todas las noches tres de ellos para reconocer atentamente el estado de la mar y del cielo, y en vista de sus observaciones, decidir si se había de llamar a la gente o no. Además, como generalmente se salía antes del amanecer, se previno que la lancha que saliese primero o fuese delante pusiese una luz en la proa, en caso de que hallase peligroso el continuar, la cual serviría de señal a las otras para volverse al puerto. Dos noches antes del suceso que vamos a narrar le tocó a José hacer la guardia con otros dos; vieron malo el cariz y no quisieron avisar. Pero como hacía ya algunos días que estaba la pesca parada y comenzaba a dejarse sentir el hambre, algunos murmuraron en la taberna de esta determinación; el día había mejorado un poco, aunque no mucho. Por la noche se quedaron de vela otros tres patrones, los cuales vacilaron mucho tiempo antes de dar al muchacho la orden de *revolver* [102], porque el semblante era feo y sucio como pocas veces; más al fin la dieron, pensando en la miseria de la gente, o temiendo acaso las murmuraciones.

José fue uno de los primeros que llegaron a la ribera.

—¡Ave María, qué barbaridad! —exclamó mirando al cielo—. ¡Vaya una noche que han ·escogido para salir a la mar!

Pero era demasiado prudente para alarmar a

---

[102] Volver las embarcaciones de cara a la costa.

sus compañeros, y demasiado bravo para negarse a salir. Se calló, y, ayudado de sus compañeros, botó al agua la lancha: como estaba la más próxima, quedó a flote y aparejada la primera. En cuanto la compaña estuvo a bordo, comenzaron a bogar. Eran más hombres que en el verano, lo cual sucede siempre, tanto porque en el invierno la gente no se reparte en otras faenas, cuanto porque a causa de las frecuentes calmas es preciso que haya bastantes remos en las lanchas. En la de José iban catorce.

Después que se hubieron apartado del puerto una milla, José dio la orden de izar la vela. Las lanchas asturianas llevan siempre cinco, que son, por orden de magnitud: la *mayor*, la *cebadera*, el *trinquete*, el *borriquete* y la *unción*[103], las cuales se combinan diversamente según la fuerza del viento: la *unción*, que es la más pequeña, lleva este nombre terrible porque se iza sola cuando están a punto de perecer.

—¿Qué izamos, José? —preguntó uno.

—Los trinquetes —respondió éste secamente.

Los marineros pusieron la cebadera en el medio y el trinquete en la proa, pues tal era lo que la orden significaba.

La noche estaba oscura, pero no encapotada; el cielo se mostraba despejado a ratos; las nubes negras y redondas corrían con extraña velocidad, lo cual manifestaba claramente que el viento soplaba huracanado arriba, por más que abajo no se hubiese aún dejado sentir con fuerza. Esto tenía sumamente inquieto y preocupado a José, quien no apartaba la vista del cielo. Iban todos silenciosos y tristes; el frío les paralizaba las manos, y el temor, que no podían ocultar, la lengua. Echaban también frecuentes miradas al firmamento, por donde corrían cada vez con más furia las nubes; la mar estaba gruesa y sospechosa.

[103] Velas del navío de pesca, como indica seguidamente el texto.

Así caminaron un cuarto de hora, hasta que José rompió de súbito el silencio lanzando una interjección:

—... ¡Esto es una porquería! ¡Hoy no salen a la mar ni los perros!

Tres o cuatro marineros se apresuraron a decir:

—Tienes razón. Es un tiempo cochino. Está bueno para los cerdos, no para los hombres.

—Por nosotros, José —concluyó diciendo uno—, no sigas adelante... Si te parece, da la vuelta...

José no respondió. Siguió callado unos minutos hasta que, levantándose de pronto, dice en tono resuelto:

—Muchacho, enciende ese farol... A cambiar.

El rapaz encendió el farol, y lo colocó en la proa con visible satisfacción. Los marineros ejecutaron la maniobra satisfechos también, aunque sin mostrarlo.

La lancha comenzó a navegar orzada hacia Rodillero. Al instante vieron encendidas allá a lo lejos, unas después de otras, las luces de todas las barcas. Esto significaba que todas habían visto la señal y se volvían al puerto.

—¡Si no podía menos! —dijo uno.

—¡Quién va con ganas a la mar hoy! —exclamó otro.

—Pero esos borricos de Nicolás y Toribio, ¿por qué mandaron revolver?

Se les había desatado la lengua a todos. Mas después de caminar un rato hablando observó José por sotavento [104] el bulto de una lancha que pasaba no muy lejos de la suya sin luz en la proa.

—¡Alto, muchachos! —dijo—. ¿Qué diablos es esto? ¿Adónde va esa lancha? —preguntó.

El patrón se puso en pie y, haciendo con las manos una bocina, gritó:

—¡Ah de la lancha!

[104] Costado de la nave opuesto al viento.

—¿Qué quieres, José? —contestó el de la otra, que le conoció por la voz.

—¿Adónde vas, Hermenegildo? —preguntó José, que también le había conocido.

—A la playa —repuso el otro acercándose cuanto pudo.

—Pero ¿no habéis encendido los faroles después que yo lo puse?

—Sí; pero conozco bien a este pueblo: te habrán enseñado los faroles, sin hacer maldito el caso... ¿Cuánto me apuestas a que todos los barcos amanecen hoy en la playa?

—¡Malditos envidiosos! —exclamó José por lo bajo; y dirigiéndose a la tripulación—: A cambiar otra vez... El día menos pensado va a haber una desgracia por estas cicaterías...

Los marineros ejecutaron la maniobra de mal humor.

—¿No te dije muchas veces, José —apuntó Bernardo—, que en este pueblo cualquiera se queda tuerto porque el vecino ciegue?

El patrón no contestó.

—Lo gracioso es —observó otro— que esos babiecas piensan que van a engañarse, cuando aquí al que más y al que menos le duelen los riñones de saber con qué bueyes ara [105].

—La risa será cuando nos veamos todos, así que amanezca —añadió un tercero.

—Ya veréis si cualquier día sucede algo —dijo otra vez José—, cómo no ha de faltar a quien echar la culpa.

—Eso siempre —repuso Bernardo con gravedad cómica.

Después de estas palabras reinó silencio en la lancha. Los marineros contemplaban taciturnos el horizonte; el patrón observaba cuidadosamente el cariz y se mostraba cada vez más inquieto,

---

[105] Frase popular que indica la sobrada experiencia de algo.

a pesar de que hubo un instante en que el cielo apareció despejado casi por entero. Pero no tardó en cubrirse de nuevo. Sin embargo, el viento no soplaba duro sino arriba: hacia el amanecer también aquí se calmó. La aurora fue triste y sucia como pocas: la luz se filtraba con enorme trabajo por una triple capa de nubes.

Cuando llegaron a la playa, vieron, en efecto, a casi todas las lanchas de Rodillero que ya habían echado al agua las cuerdas y pescaban no muy lejos unas de otras. Hicieron ellos otro tanto después de arriar las velas, y metieron a bordo durante dos horas algunos besugos; no muchos. A eso de las diez se ennegreció más el cielo y cayó un chubasco que arrastró consigo un poco de viento; a la media hora vino otro, y el viento sopló más fuerte. Entonces algunas lanchas recogieron los aparejos, e izaron vela poniendo la proa a tierra. Las demás, unas primero y otras después, siguieron el ejemplo.

—Para este viaje no necesitábamos alforjas —dijo un compañero de José, amarrando de mal humor el puño del borriquete a la proa.

Estaban a unas diez o doce leguas de la costa. Antes de haberse acercado dos millas a ella vieron que el cielo se ennegrecía fuertemente hacia el Oeste: fue tal la negrura, que los marineros se miraron unos a otros despavoridos.

—¡Madre del alma, lo que allí viene! —exclamó uno.

José había mandado desde el principio, por precaución, izar los borriquetes, esto es, el trinquete en el medio y el borriquete a proa. Miró fijamente al Oeste: la negrura se iba acercando rápidamente. Cuando sintió en el rostro el fresco que precede al chubasco, se puso en pie gritando:

—¡Arriar en banda escotas y drizas! [106]

---

[106] Recoger las velas que estaban izadas o desplegadas. Driza, cabo de atar las velas.

Los marineros, sin darse cuenta tan cabal del peligro, se apresuraron, no obstante, a obedecer. Las velas cayeron pesadamente sobre los bancos: fue bien a punto, porque una ráfaga violentísima cruzó silbando por los palos y empujó con fuerza el casco de la embarcación. Los marineros dirigieron una mirada a José, que era un voto de gracias y confianza.

—¡Cómo has olido el trallazo [107], recondenado! —dijo uno.

Pero al dirigir la vista al mar, observaron que una de las lanchas había zozobrado; otra vez volvieron los rostros a José, pálidos como difuntos.

—¿Has visto, José? —le preguntó uno con voz ronca y temblorosa.

El patrón cerró los ojos en señal de afirmación. Pero el rapaz que estaba a proa, al enterarse de lo que había ocurrido, comenzó a lamentarse a voces:

—¡Ay, Virgen Santísima!, ¿qué va a ser de nosotros? ¡Madre mía!, ¿qué va a ser de nosotros?

José, encarándose con él, los ojos centelleantes de cólera, gritó:

—¡Silencio, cochino, o te echo al agua ahora mismo!

El chiquillo, asustado, se calló.

—Traed el borriquete al medio y la unción a proa —ordenó después.

Así se hizo rápidamente. José arribó cuanto pudo, teniendo cuidado de no perder la línea de Rodillero: la lancha comenzó a navegar con extraordinaria velocidad, porque el viento soplaba impetuoso y cada vez más recio. No se pasaron muchos minutos sin que se levantase una formidable marejada o mar del viento, que les impidió ver el rumbo de las otras lanchas: a intervalos

---

[107] Golpe de mar, por el parecido con el de un látigo o tralla.

cortos llovía copiosamente. La salsa les incomodaba bastante y fue necesario que varios hombres se empleasen constantemente en achicar el agua; pero José atendía más al viento que a ésta: soplaba tan desigual y traidoramente, que al menor descuido estaba seguro de zozobrar. Otras dos veces se vio precisado a arriar de golpe las velas para eludir la catástrofe. Últimamente, viendo la imposibilidad de navegar con dos velas, mandó izar sola la unción. Los marineros le miraban consternados: a varios de ellos les temblaban las manos al ejecutar la maniobra.

—Hay que arriar del todo —dijo José, con la voz ronca ya por los gritos que había dado— No podemos entrar en Rodillero. Entraremos en Sarrió.

—Me parece que ni en Sarrió tampoco —repuso un viejo por lo bajo.

—Nada de amilanarse, muchachos: ¡ánimo, que esto no es nada! —replicó el patrón con energía.

Desde el momento en que se resignaron a no entrar en Rodillero y pusieron la popa al viento, éste ya no dio cuidado, máxime llevando tan poquísimo trapo [108].

Pero el mar comenzaba a inspirar mucho miedo: la marejada, ayudada de la mar gruesa de la noche, se había convertido en verdadera mar de fondo [109], terrible e imponente. Los golpes que recibían por la popa eran tan fuertes y continuados que al fin hubo necesidad de orzar un poco; así y todo, los marineros no cesaban de achicar agua. El movimiento de ésta seguía aumentando; las olas eran cada vez más altas; la lancha desaparecía debajo de ellas y por milagro volvía a salir. Uno de los golpes les llevó el timón: José tomó apresuradamente el que tenía de reserva; pero al engancharlo, otro golpe se lo arrancó de

---

[108] Vela o conjunto de velas.
[109] Marejada que viene de alta mar.

las manos y metió dos o tres pipas[110] de agua a bordo.

El rapaz volvió a exclamar sollozando:

—¡Ay, madre de mi alma, estamos perdidos!

José le arrojó la caña del timón, que había quedado sobre el banco, a la cabeza.

—¡Cállate, ladrón, o te mato!

Y viendo en los rostros de algunos compañeros señales de terror, les dijo echándoles una mirada feroz:

—¡Al que me dé un grito, le retuerzo el pescuezo!

Aquella ferocidad era necesaria: si el pánico se apoderaba de la compaña y dejaban un instante de achicar, se iban a pique sin remedio.

Para sustituir al timón, puso un remo en la popa. Con las velas izadas es de todo punto imposible gobernar con el remo; pero como no llevaba más que la unción, pudo, a costa de grandes esfuerzos, sujetar la lancha. Cada golpe que recibían metía una cantidad extraordinaria de agua a bordo; y a pesar de que un hombre, trabajando bien, puede achicar con el balde una pipa en ocho o diez minutos, era imposible echarla toda fuera; les llegaba casi siempre cerca de la rodilla. José no cesaba un momento de gritar, con la poca voz que le quedaba:

—¡Achicar[111], muchachos, achicar! ¡Ánimo, muchachos!... ¡Achicar, achicar!

Una oleada llevó la boina a Bernardo.

—¡Anda —dijo éste con rabia—, que pronto irá la cabeza!

La situación era angustiosa. Aunque procuraban disimularlo, el terror se había apoderado de todos igualmente. Entonces José, viendo que las fuerzas les iban a faltar muy pronto, les dijo:

[110] Medida de capacidad para líquidos.
[111] Echar fuera de la embarcación el agua entrada por avería o mal tiempo y que amenaza con hundirla.

—Muchachos, estamos corriendo un temporal deshecho; ¿queréis que acudamos al Santo Cristo de Rodillero para que nos saque de él?

—Sí, José —contestaron * todos con una precipitación que mostraba la congoja de su espíritu.

—Pues bien; le ofreceremos ir descalzos a oír una misa, si queréis... Pero es menester que esto sirva para darnos valor... Nada de asustarse. ¡Ánimo y achicar; achicar, muchachos!

La oferta les dio confianza, y siguieron trabajando con fe. En pocos minutos echaron la mayor parte del agua fuera, y la lancha quedó desahogada. José observó que el palo del medio les estorbaba.

—Vamos a desarbolar del medio —dijo, y él mismo se abalanzó a poner las manos en el mástil.

Pero en aquel instante vieron con espanto venir hacia ellos una ola inmensa, alta como una montaña y negra como una cueva.

—¡José, ya no hay comedia! —exclamó Bernardo resignado a morir.

El golpe fue tan rudo que hizo caer de bruces a José, batiéndole contra los bancos: la lancha quedó inundada, casi entre aguas. Pero aquél, aunque aturdido, se alzó bravamente gritando:

—¡Achicar, achicar! ¡Esto no es nada!

XVI

¿Qué pasaba en Rodillero?

Las pocas lanchas que habían obedecido a la señal de José regresaron al puerto antes del amanecer. Sus tripulantes quedaron corridos y pesarosos al ver que tan ruinmente se les había en-

---

* Respondieron, en ediciones posteriores.

gañado; mucho más con la matraca[112] que las mujeres les dieron en casa.

—¡Siempre habías de ser tú el tonto! ¿Cuándo acabarás de saber con quién tratas, hombre de Dios? ¡Ya verás qué marea hoy..., ya lo verás!

Ellos callaban, según su costumbre, reconociendo la verdad que las asistía y hacían juramento interior de no caer otra vez en el lazo.

Pero al entrar el día se modificó un poco la opinión. Era tan triste el aspecto del mar, y el cariz tan feo, que ya no les pesó mucho de la holganza. Cuando envuelto en un chubasco se sintió en el pueblo el primer ramalazo del Noroeste, algunos se volvieron a sus esposas sonriendo:

—¿Qué te parece? ¿Te gustaría que anduviese por la mar ahora, verdad?

Les tocó entonces callar a ellas. El segundo ramalazo, mucho más fuerte que el primero, puso en conmoción al vecindario. Acudieron hombres y mujeres a la ribera, y desde allí, a despecho del agua que caía a torrentes, subieron a San Esteban. El miedo y la zozobra se pintó tan pronto en todos los semblantes, que advertía bien claramente del desasosiego supersticioso que había reinado en el lugar todo el invierno. Las mujeres miraban con el rabillo del ojo a los marineros viejos: éstos torcían el hocico. Algunas se arrojaban a preguntar:

—¿Hay cuidado, tío Pepe?

El tío Pepe, sin apartar los ojos del horizonte, contestaba:

—Muy bueno no está... Pero la mar no dijo todavía «aquí estoy».

Lo dijo, sin embargo, más pronto de lo que se pensaba. La tormenta vino repentina, furiosa; la mar se revolvió en un instante de modo formidable, y comenzó a romper en los *Huesos de San Pedro*, que era el bajo más cercano a la costa.

---

[112] Repetición de un tema, burla repetida.

Al poco tiempo rompió también en el *Cobanín*, que era el más próximo por el otro lado de la ensenada. La muchedumbre que coronaba el monte de San Esteban contempló con pavor los progresos de la borrasca: algunas mujeres comenzaron a llorar.

Sin embargo, no había aún motivos para afligirse, al decir de los prácticos. El puerto se hallaba enteramente libre. Con tal que no zozobrasen (y esto era cuenta de ellos, pues estaba en su mano el evitarlo), podían entrar sin peligro en Rodillero. Alguno apuntó:

—¿Y los golpes de mar? ¿Tendrán tiempo de achicar el agua?

—¡Vaya si hay tiempo!... ¡Pero no parece más que no hemos visto mares hasta ahora! No hay pueblo como éste para alborotarse por nada —dijo un marinero bilioso.

La energía con que pronunció estas palabras hizo callar a los pesimistas y tranquilizó un poco a las mujeres. Desgraciadamente, duró poco su triunfo: a los pocos minutos la mar rompía en el *Torno*, otro de los bajos de la barra.

Cerca de la capilla de San Esteban había una casucha que habitaba un labrador encargado por el gremio de mareantes, mediante un cortísimo estipendio anual, de encender las hogueras que servían de señal en los días o noches de peligro. Este labrador, aunque se había embarcado pocas veces, conocía la mar como cualquier práctico. Después de observarla con atención un buen rato y haber vacilado muchas veces, sacó de la corralada de su choza una carga de retama seca y tojo, la colocó en lo más alto del monte y la dio fuego. Era el primer aviso para los pescadores.

Elisa, que se hallaba entre la muchedumbre, cerca de su madrina, al ver la hoguera sintió que el corazón se le apretaba. Acordóse de la terrible maldición de la sacristana, y todos los presentimientos tristes y terrores supersticiosos que dormían en su alma despertaron de golpe. Procuró, no obstante, reprimirse, por vergüenza, pero comenzó a recorrer los grupos escuchando con mal disimulada ansiedad los pareceres de los marineros: cada frase la dejaba yerta.

Entre la gente se hablaba poco y se miraba mucho; el viento les azotaba la cara con las últimas gotas del chubasco. La mar crecía rápidamente: después de romper en los *Huesos de San Pedro*, en el *Cobanín* y en el *Torno*, rompió también en otro bajo más separado de la costa.

—¡Rompió en la *Furada!*... ¡Manuel, puedes encender otra hoguera! —exclamó un marinero.

Manuel corrió a casa de nuevo, trajo otra carga de tojo y la encendió cerca de la primera. Esto era señal de peligro inminente. Si los que estaban en la mar no se daban prisa a meterse en el puerto, se exponían a que se les cerrase pronto.

—¿Se ve alguna lancha, Rafael? —preguntó una joven por cuyas mejillas rodaban dos gruesas lágrimas.

—Por ahora no; la salsa nos quita mucho la vista.

Ni una vela parecía en el horizonte: el afán, la angustia embargaban de tal modo a los espectadores, que se pasaban algunos minutos sin que una voz se alzase entre ellos: todos tenían la vista clavada en el *Carrero*, un corto espacio que la barra de Rodillero tenía libre y por donde las lanchas entraban a seguro cuando la mar estaba picada. Elisa sentía algunas gotas de sudor frío en la frente y se agarraba fuertemente a su madrina para no caerse.

Así transcurrió un cuarto de hora. De pronto, de aquella muchedumbre salió un grito, un lamento más débil, pero más triste que los rumores del océano. Una ola acababa de romper en el *Carrero*. La barra no era ya más que una franja espumosa: el puerto estaba cerrado.

Manuel, pálido, silencioso, fue a buscar una nueva carga y la encendió al lado de las otras dos. La lluvia había cesado enteramente y las hogueras ardían animadas por el viento.

Elisa, al escuchar aquel grito, se estremeció, y por un movimiento irresistible, semejante a inspiración, se alejó corriendo de aquella escena, bajó a saltos el sendero de los pinos, atravesó el pueblo solitario, subió la calzada de la iglesia y llegó, desalada y jadeante, a sus puertas. Se detuvo un instante a tomar aliento; después hizo la señal de la cruz, dobló las rodillas, y sobre ellas entró caminando por la nave del templo hasta el altar mayor; pero en vez de parar allí torció a la derecha y comenzó a subir penosamente la escalera de caracol que conducía al camarín del Cristo. Era la escalera de la penitencia y sus peldaños de piedra estaban gastados ya por las rodillas de los devotos; las de Elisa cuando llegó arriba chorreaban sangre.

El camarín era una pieza oscura, tapizada de retratos y ofrendas, con una ventana enrejada, abierta sobre la iglesia, por donde los fieles veían la veneranda imagen los días que se oficiaba en su altar. El Santo Cristo se hallaba, como de ordinario, tapado por una cortina de terciopelo: Elisa corrió con mano trémula esta cortina y se prosternó. Poco rato después, unas tras otras, fueron entrando en la estancia muchas mujeres y prosternándose igualmente en silencio. Algún sollozo, imposible de reprimir, turbaba de vez en cuando el misterio y la majestad del oratorio.

Por la tarde aplacó un poco la mar, y gracias a esto pudo, aunque con peligro, entrar un grupo numeroso de lanchas en Rodillero. Más tarde entraron otras cuantas, pero al cerrar la noche faltaban cinco: una de ellas era la de José. Los marineros, que sabían a qué atenerse acerca de su suerte, porque habían visto perecer alguna,

no se atrevían a decir palabra y contestaban *
con evasivas a las infinitas preguntas que les dirigían: ninguno sabía nada; ninguno había visto
nada. La ribera siguió llena de gente hasta las
altas horas de la noche; pero, según avanzaba
ésta, iba creciendo el desaliento. Poco a poco
también la ribera se fue despoblando; sólo quedaron en ella las familias de los que aún estaban en la mar. Al fin éstas, perdida casi enteramente la esperanza, abandonaron la playa y
entraron en el pueblo con la muerte en el alma.

¡Horrible noche aquélla! Aún suenan en mis
oídos los ayes desgarradores de las esposas infe-
lices, de los niños que llamaban a sus padres. El
pueblo ofrecía un aspecto sombrío, espantoso: la
gente discurría por la calle en grupos, formaba
corros a la puerta de las casas; todos se hablaban
a voces. Las tabernas estaban abiertas, y en ellas
los hombres disputaban acaloradamente, echándose unos a otros la culpa de la desgracia. De vez
en cuando una mujer desgreñada, convulsa, cruzaba por la calle lanzando gritos horrorosos que
erizaban los cabellos. Dentro de las casas también sonaban gemidos y sollozos.

A este primer momento de confusión y estrépito sucedió otro de calma, más triste aún y más
aciago, si posible fuera. La gente se fue encerran-
do en sus viviendas, y el dolor tomó un aspecto
más resignado. ¡Dentro de aquellas pobres cho-
zas, cuántas lágrimas se derramaron! En una de
ellas, una pobre vieja que tenía a sus dos hijos
en la mar lanzaba chillidos tan penetrantes que
las pocas personas que cruzaban por la calle se
detenían horrorizadas a la puerta; en otra, una
infeliz mujer que había perdido a su marido, sollozaba en un rincón, mientras dos criaturitas de
tres o cuatro años jugaban cerca comiendo ave-
llanas.

---

* Respondían, en ediciones posteriores.

Cuando Dios amaneció, el pueblo parecía un cementerio. El cura hizo sonar las campanas llamando a la iglesia, y concertó, con los fieles que acudieron, celebrar al día siguiente un funeral por el reposo de los que habían perecido.

Pero hacia el mediodía corrió la voz, sin saber quién la trajera, de que algunas lanchas de Rodillero habían arribado al puerto de Banzones, distante unas siete leguas. Tal noticia causó una emoción inmensa en el vecindario: la esperanza, muerta ya, renació de pronto en los corazones. Tornaron a reinar la confusión y el ruido en la calle; despacháronse propios veloces para que indagasen la verdad; los comentarios, las hipótesis que se hacían en los corrillos eran infinitos. El día y la noche se pasaron en una ansiedad y congojas lastimosas; las pobres mujeres corrían de grupo en grupo, pálidas, llorosas, queriendo sorprender en las conversaciones de los hombres algo que las animase.

Por fin, a las doce, llegó la nueva de que eran dos lanchas solamente las que habían arribado a Banzones. ¿Cuáles? Los propios no lo sabían, o no querían decirlo. Sin embargo, al poco rato comenzó a cundir secretamente la noticia de que una de ellas era la de José, y otra, la de Toribio.

Allá, a la tarde, un muchacho llegó desalado, cubierto de sudor y sin gorra.

—¡Ahí están, ahí están!

—¿Quiénes?

—¡Muchos, muchos! ¡Vienen muchos! —acertó a decir con trabajo, pues le faltaba respiración—. Estarán ahora en Antromero.

Entonces se operó una revolución indescriptible en el pueblo: los vecinos todos, sin exceptuar uno, salieron de sus casas, se agitaron en la calle breves instantes con estruendo, y formando una masa compacta abandonaron presurosos el lugar. Aquella masa siguió el camino de Antromero, orillas de la mar, en un estado de agitación y angustia que es difícil representarse. Los hombres charlaban, haciendo cálculos acerca del modo que habrían tenido sus compañeros de salvarse: las mujeres iban en silencio arrastrando a los niños, que se quejaban en vano de cansancio. Después de caminar media legua, en cierto paraje descubierto alcanzaron a ver a lo lejos un grupo de marineros que hacia ellos venían con los remos al hombro. Un clamor formidable salió de aquella muchedumbre. El grupo de los pescadores respondió ¡hurra!, agitando en el aire las boinas. Otro grito de acá; otro en seguida de allá. De esta suerte se fueron acercando a toda prisa, y muy pronto llegaron a tocarse.

¡Escena gozosa y terrible a la vez! Al confundirse el grande y el pequeño grupo estallaron a un tiempo ayes de dolor y gritos de alegría. Las mujeres abrían los ojos desmesuradamente buscando a los suyos, y no hallándolos, rompían en gemidos lastimeros y se dejaban caer al suelo retorciéndose los brazos con desesperación: otras, más afortunadas, al tropezar con el esposo de su alma, con el hijo de sus entrañas, se arrojaban a ellos como fieras, y permanecían clavadas a su pecho sin que fuerza en el mundo fuera bastante a despegarlas. Los pobres náufragos objeto de aquella calurosa acogida, sonreían queriendo ocultar su emoción, pero las lágrimas les resbalaban, a su pesar, por las mejillas.

Elisa, que iba entre la muchedumbre, al ver a José, sintió en la garganta un nudo tran estrecho, que pensó ahogarse: llevóse las manos al rostro y rompió a sollozar procurando no hacer ruido. El marinero sintióse sujeto, casi asfixiado, por los brazos de su madre; mas por encima del hombro de ésta buscó con afán a su prometida. Elisa levantó el rostro hacia él, y sus ojos se encontraron y se besaron.

Pasado el primer momento de expansión, aquella masa de gente tornó a paso lento hacia el pueblo. Cada uno de los náufragos vióse rodeado inmediatamente por un grupo de compañeros, los cuales se enteraban por menudo y con interés de las peripecias de la jornada; sus mujeres iban detrás; algunas veces, para cerciorarse de que los tenían vivos, les llamaban por su nombre, y al volver ellos el rostro no tenían qué decirles.

Aquella misma tarde se convino dar gracias a Dios al día siguiente con una solemne fiesta. Resultó que casi todos los marineros salvados habían ofrecido lo mismo, oír misa descalzos en el altar del Cristo: era una oferta muy común en Rodillero en los momentos de peligro y que venía de padres a hijos. Y, en efecto, a la mañana siguiente se reunieron en la ribera, y desde allí cada compaña, con su patrón a la cabeza, se encaminaron lentamente hacia la iglesia, descalzos todos y con la cabeza descubierta. Marchaban graves, callados, pintada en sus ojos serenos la fe sencilla y ardiente a la vez del que no conoce de esta vida más que las amarguras. Detrás marchaban las mujeres, los niños y los pocos señores que había en el pueblo, silenciosos también, embargados por la emoción al ver a aquellos hombres tan fuertes y tan ásperos humillarse como débiles criaturas. Las viudas, los huérfanos de los que habían quedado en la mar iban también allí a rogar por el descanso de los suyos: se habían puesto un pañuelo, un delantal, una boina, cualquier prenda de color negro que les fue posible adquirir en el momento.

Y en la pequeña iglesia de Rodillero el milagroso Cristo les aguardaba pendiente de la cruz, con los brazos abiertos. Él era también un pobre náufrago, libertado de las aguas por la piedad de unos pescadores; había probado como ellos la tristeza y la soledad del Océano y el amargor de sus olas. Doblaron la rodilla y hundieron la cabeza en el pecho, mientras la boca murmuraba plegarias aprendidas en la niñez, nunca pronunciadas con más fervor. Los cirios de que estaba rodeada la sacrosanta imagen chisporroteaban tristemente; de la muchedumbre salía un murmullo levísimo. La voz cascada y temblorosa del sacerdote que oficiaba rompía de vez en cuando el silencio majestuoso del templo.

Al concluirse el oficio, Elisa y José se encontraron en el pórtico de la iglesia y se dirigieron una tierna sonrisa; y con ese egoísmo inocente y perdonable que caracteriza al amor, olvidaron en un punto toda la tristeza que en torno suyo reinaba, y en viva y alegre plática bajaron emparejados la calzada del pueblo, dejando señalado, antes de llegar a casa, el día de su boda.

Colección Letras Hispánicas

ÚLTIMOS TÍTULOS PUBLICADOS

DE PRÓXIMA APARICIÓN